ほしのこえ

新海《しんかい》 誠《まこと》・原作
大場《おおば》 惑《わく》・文
ちーこ・絵

角川つばさ文庫

目《もく》次《じ》

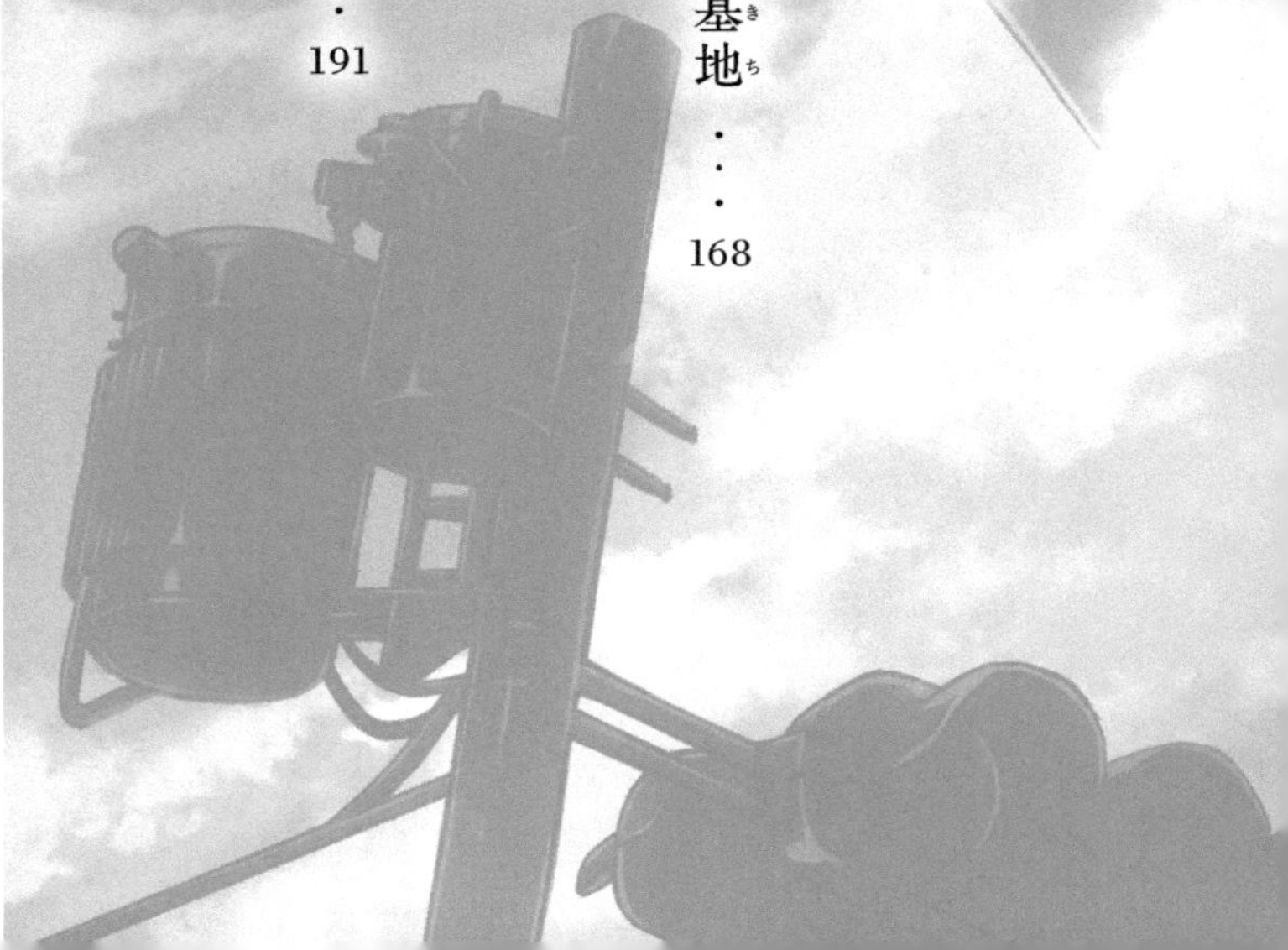

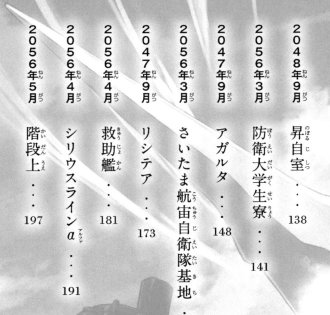

ほしのこえCharacters《キャラクターズ》

ノボル
寺尾《てらお》 昇《のぼる》

中《ちゅう》3。ミカコの
クラスメイトで
同《おな》じく剣道部《けんどうぶ》の部長《ぶちょう》。

ミカコ
長峰美加子《ながみねみかこ》

中《ちゅう》3。がんばりやの剣道部《けんどうぶ》の副部長《ふくぶちょう》。
国連宇宙軍《こくれんうちゅうぐん》に選抜《せんばつ》され、
地球《ちきゅう》を離《はな》れることに。

高鳥瑤子《たかとりようこ》

ノボルに近《ちか》づいてきた
女の子《おんなのこ》。

サトミ
北條里美《ほうじょうさとみ》

17歳《さい》。ミカコが
火星《かせい》で出会《であ》った訓練生《くんれんせい》。

わたしはね　懐《なつ》かしいものがたくさんあるんだ
たとえば夏《なつ》の雲《くも》とか　冷《つめ》たい雨《あめ》とか
秋《あき》の風《かぜ》の匂《にお》いとか　春《はる》の土《つち》のやわらかさとか
夜中《よなか》のコンビニの安心《あんしん》する感《かん》じとか
放課後《ほうかご》のひんやりとした空気《くうき》とか
黒板消《こくばんけ》しの匂《にお》いとか
夜中《よなか》のトラックの遠《とお》くの音《おと》とか
ノボルくん　そういうものをね　わたしは
ずっとずっといっしょに
感《かん》じていたいって思《おも》っていたよ

他人《たにん》から見《み》ればつまらない物《もの》でも、本人《ほんにん》には大切《たいせつ》な物《もの》ってあると思《おも》う。

いいかげん捨《す》ててしまえばいいじゃないかってくらいに使《つか》い込《こ》んでいて、へたしたらとっくに現役引退《げんえきいんたい》しているような代物《しろもの》でも、本人《ほんにん》にしてみれば捨《す》てがたい思《おも》い出《で》がいっぱい詰《つ》まっている、他《ほか》に代《か》えがたい唯一無二《ゆいいつむに》の宝物《たからもの》。

ぼくの場合《ばあい》、この古《ふる》びた携帯電話《けいたいでんわ》がその大切《たいせつ》な宝物《たからもの》で、十数年前《じゅうすうねんまえ》のモデルでたぶんもう、現役《げんえき》で使《つか》ってる人《ひと》は日本中《にほんじゅう》どこを探《さが》してもいないんじゃないかと思《おも》う。耐用年数《たいようねんすう》をとっくに超《こ》してしまっていることは間違《まちが》いない。

ここ二年《ねん》くらいは使《つか》った記憶《きおく》がなくて、使《つか》えるかどうかもあやしい。いまはただのお守《まも》りがわりに持《も》ち歩《ある》いている。使《つか》う必要《ひつよう》がなくなったからだ。だけどこの携帯《けいたい》、かつては信《しん》じられないくらい遠《とお》い場所《ばしょ》から発信《はっしん》された、大切《たいせつ》な人《ひと》からのメールを、何通《なんつう》も何通《なんつう》も受《う》け取《と》ってくれた。詰《つ》まっているのは、その大切《たいせつ》な人《ひと》とのほろ苦《にが》くやるせない思《おも》い出《で》だ。

ぼくは寺尾昇《てらおのぼる》、二十七歳《さい》、通信技師《つうしんぎし》。宇宙《うちゅう》で働《はたら》いている。

2046年《ねん》7月《がつ》　放課後《ほうかご》

その日《ひ》の長峰《ながみね》がいつもと違《ちが》っていたことに、ぼくはまったく気《き》づかなかった。

いや、弁解《べんかい》めいて聞《き》こえてしまうかもしれないけど、少《すく》なくとも放課後《ほうかご》いつもの場所《ばしょ》、階段《かいだん》の踊《おど》り場《ば》でいつものようにぼくを待《ま》ち伏《ぶ》せしていた長峰《ながみね》の様子《ようす》に、これといって変《か》わった様子《ようす》は感《かん》じられなかった。

そう、後《あと》になって思《おも》ったことだけど、いつもより微妙《びみょう》にテンションが高《たか》かったかもしれない。

長峰美加子《ながみねみかこ》はどちらかというとおっとりとした性格《せいかく》の子《こ》で、背丈《せたけ》は小《ちい》さいほうだし、クラスの女子《じょし》の中《なか》でも一、二を争《あらそ》うような美人《びじん》ってわけでもないし、あんまり目立《めだ》たない存在《そんざい》だ。だけど、間近《まぢか》に見《み》かけと違《ちが》って芯《しん》の強《つよ》い子《こ》だってことは、同《おな》じ剣道部《けんどうぶ》に籍《せき》をおいてまるまる二年《ねん》ちょっと、間近に稽古《けいこ》ぶりを見守《みまも》ってきたぼくが、誰《だれ》よりもよーく知《し》っている。

覚《おぼ》えはそんなによくなかったけど、誰《だれ》より稽古熱心《けいこねっしん》で知《し》らない間《あいだ》に腕《うで》を上《あ》げていた。仲間《なかま》の女《じょ》子《し》が辛《つら》い稽古《けいこ》と冬場《ふゆば》の体育館《たいいくかん》の冷凍庫《れいとうこ》並《な》みに冷《ひ》え切《き》った床《ゆか》に音《ね》をあげて、二年《ねん》の春《はる》を待《ま》たずにぼろぼろと辞《や》めていったというのに、長峰《ながみね》は弱音《よわね》ひとつ吐《は》かずにがんばり通《とお》した。

そのかいあって二年《ねん》の二学期《がっき》から副部長《ふくぶちょう》を務《つと》めることになった。できれば他《ほか》の部員《ぶいん》に押《お》しつけたかったものの、顧問《こもん》のご指名《しめい》でしぶしぶ部長職《ぶちょうしょく》を引《ひ》き受《う》けてしまったぼくなんかよりも、本来《ほんらい》なら長峰《ながみね》のほうが高《たか》く評価《ひょうか》されるべきだった。

副部長《ふくぶちょう》とは名《な》ばかりで、長峰《ながみね》は実質男子部員《じっしつだんしぶいん》のマネージャー的役回《てきやくまわ》りとして裏方《うらかた》に徹《てっ》することになった。なにしろ女子《じょし》の部員《ぶいん》で最後《さいご》まで残《のこ》ったのは長峰《ながみね》ひとりで、新人《しんじん》を加《くわ》えても団体戦《だんたいせん》にエントリーできるだけの頭数《あたまかず》が揃《そろ》わなかったために、公式戦《こうしきせん》で彼女《かのじょ》の腕前《うでまえ》が発揮《はっき》されることは一度《いちど》もなかったのだ。

貧乏《びんぼう》くじを引《ひ》いてしまった長峰《ながみね》には申《もう》し訳《わけ》なく思《おも》っている。「ふざけんな！　自分《じぶん》たちでやんなさいよ！」ってマジギレして大量《たいりょう》の汗臭《あせくさ》い洗濯物《せんたくもの》をブン投《な》げ、ぼくに退部届《たいぶとど》けを叩《たた》きつけてぷいといなくなっていても不思議《ふしぎ》じゃなかったのに、長峰《ながみね》は不平《ふへい》ひとつもらさず剣道部《けんどうぶ》のためにがんばってくれた。

そんなわけで、口《くち》に出《だ》していったことはないけど長峰《ながみね》には感謝《かんしゃ》している。

ほんとに感謝《かんしゃ》している。口《くち》に出《だ》していったことがないのは、面《めん》と向《む》かっていうのは照《て》れくさいし、いざ長峰《ながみね》とふたりっきりになると、そういうまじめくさい話《はなし》はもうどうでもよくなってしまうからだ。

長峰《ながみね》とは難《むずか》しい話《はなし》はしない。その日学校《ひがっこう》であったこと、きのう見《み》たドラマのことだとか、そうしたたわいもない話《はなし》を、もっぱらぼくが聞《き》き役《やく》になって一方的《いっぽうてき》に聞《き》かされている。だけど、苦痛《くつう》というわけではない。ほかの女子《じょし》がどうだかはよくわからないけど、たぶん長峰《ながみね》はそうおしゃべりなほうじゃないと思《おも》う。むしろ無口《むくち》なほうかもしれない。でなけりゃ、長峰《ながみね》の待《ま》ち伏《ぶ》せに毎度《まいど》まいど間抜《まぬ》け面《づら》してとっ捕《つか》まってはいなかったはずだ。

そう、その日《ひ》の長峰《ながみね》は、どちらかというといつもより饒舌《じょうぜつ》だったかもしれない。

そのくせ、なにかからぼくの関心《かんしん》を逸《そ》らそうとでもするかのようにおちつきなく、ころころと目《め》まぐるしく話題《わだい》をスキップさせた。

午後《ごご》の日差《ひざ》しが、開《あ》け放《はな》たれた窓《まど》から容赦《ようしゃ》なく降《ふ》り注《そそ》ぐ踊《おど》り場《ば》の壁《かべ》に、すこしもたれかかるようにして長峰《ながみね》は、英語《えいご》の補習授業《ほしゅうじゅぎょう》を終《お》えへろへろに疲《つか》れきって降《お》りてくるぼくを待《ま》っていた。

「ノボルくん、期末試験《きまつしけん》どうだった？」

弾《はず》んだ声《こえ》で長峰《ながみね》はそう聞《き》いた。

「補習科目以外《ほしゅうかもくいがい》はなんとかね……。長峰《ながみね》は？」

「長峰《ながみね》はバッチリだったよ」
「じゃあ、行《い》けるかな？」
「いっしょの高校《こうこう》」

うれしそうにそういった後《あと》、長峰《ながみね》は「あっ、きっと……」と自信《じしん》なげにつけくわえた。

それはてっきりぼくを気遣《きづか》ってかけた言葉《ことば》だろうって勝手《かって》に解釈《かいしゃく》して、ちょっとむっとこないでもなかったけれど聞《き》き流《なが》すことにした。

当《あ》たり外《はず》れの波《なみ》が激《はげ》しいぼくと違《ちが》って、長峰《ながみね》の成績《せいせき》は安定《あんてい》している。目《め》を見張《みは》るほどの好成《こうせい》績《せき》ってこともないけど、大崩《おおくず》れすることはめったにない。部活《ぶかつ》で忙《いそが》しかったんだから、そうそう勉強《べんきょう》している暇《ひま》はなかったはずだけど、ああ見《み》えてここぞというときの集中力《しゅうちゅうりょく》は抜群《ばつぐん》なのかもしれない。

この調子《ちょうし》を崩《くず》さなければ、長峰《ながみね》ならお目当《めあ》ての城北高校《じょうほくこうこう》にすんなり合格《ごうかく》できるんじゃないかと思《おも》う。いっしょの高校《こうこう》に行《い》くには、こっちが背伸《せの》びしなければならない。ほんとうのところ、ちょっと焦《あせ》っている。

長峰《ながみね》と連《つ》れ立《だ》って階段《かいだん》を降《お》り、校舎裏《こうしゃうら》の自転車置《じてんしゃお》き場《ば》へ向《む》かう。

途中《とちゅう》ぼくは、高校生《こうこうせい》になった長峰《ながみね》の制服姿《せいふくすがた》を想像《そうぞう》していた。城北高校《じょうほくこうこう》は成績《せいせき》でいくと校区内《こうくない》で二番手《ばんて》くらいにつけてる進学校《しんがくこう》だが、知名度《ちめいど》って点《てん》でいえばピカイチの伝統《でんとう》を誇《ほこ》っている由緒正《ゆいしょただ》しき高校《こうこう》で、たしか創立《そうりつ》百五十周年《しゅうねん》を二、三年前《ねんまえ》に迎《むか》えているはずだ。

だから校舎《こうしゃ》から校則《こうそく》からなにもかにもが古《ふる》い。制服《せいふく》も例外《れいがい》にあらずで、いつからそうと決《き》まっていたのかは定《さだ》かではないが、男子《だんし》のガクラン、女子《じょし》のセーラー服《ふく》を二十一世紀《せいき》も折《お》り返《かえ》し地点《ちてん》間近《まぢか》だというのに頑《かたく》なに守《まも》り通《とお》している。もっともなにもかにもが古《ふる》いままなのは古株《ふるかぶ》の城北高《じょうほくこう》に限《かぎ》ったことじゃない。例《れい》のタルシアン・ショックの余波《よは》がいまだに尾《お》を引《ひ》いているせいだ……。

いや、タルシアン・ショックのことはどうだっていい。

ものごころついたときから世《よ》の中《なか》は、そういう体制《たいせい》になってしまっていたのだから。

地方《ちほう》と国家《こっか》の予算《よさん》のあらかたは、タルシアン関連《かんれん》にごっそりもっていかれて、公共事業《こうきょうじぎょう》に回《まわ》せるのはほんの微々《びび》たる補修費《ほしゅうひ》くらい。道路《どうろ》も橋《はし》も鉄道《てつどう》もバス路線《ろせん》も、学校《がっこう》も病院《びょういん》も交番《こうばん》も消防署《しょうぼうしょ》も、まるっきりむかしのまんまの姿《すがた》。時《とき》が止《と》まってしまったかのようにここ五、六年町並《ねんまちな》みに変《へん》化《か》がない。いわゆる、国家総動員体制《こっかそうどういんたいせい》下《か》に置《お》かれているからなんだろうけど、それが長期化《ちょうきか》しあたりまえになってしまうと、たいした不自由《ふじゆう》も感《かん》じずにすんでしまうのだ。

また話《はなし》は横道《よこみち》に逸《そ》れてしまった。

問題《もんだい》は長峰《ながみね》のセーラー服姿《ふくすがた》だ。

長峰《ながみね》に似合《にあ》うだろうか？

うまく想像《そうぞう》できなかった。

一年後《ねんご》、十五歳《さい》の長峰《ながみね》。背《せ》はちゃんと伸《の》びているだろうか？

それとも、いまみたいにちっちゃいままだろうか？

自転車通学《じてんしゃつうがく》が認《みと》められているのは、遠隔《えんかく》の一部《いちぶ》の区域《くいき》の生徒《せいと》と朝練《あされん》やってる部員《ぶいん》に限《かぎ》られている。

だからルールどおりだと、ぼくはもう乗《の》ってきちゃいけないことになるんだけど、かまわず使《つか》っている。そのへん長峰《ながみね》は生《き》まじめっていうか、融通《ゆうずう》がきかない。副部長職《ふくぶちょうしょく》を後輩《こうはい》に引《ひ》き継《つ》いだ次《つぎ》の日《ひ》から、すぐさま徒歩通学《とほつうがく》に切《き》り替《か》えた。おかげで長峰《ながみね》と帰《かえ》るときには長峰《ながみね》に合《あ》わせ自転車《じてんしゃ》は押《お》していくしかない。乗《の》せてやるよっていっても、学校《がっこう》の近《ちか》くじゃ絶対《ぜったい》に乗《の》ろうとしない。

長峰《ながみね》の歩調《ほちょう》に合《あ》わせだらだらとどうでもいいような話《はなし》をしながら、おまけに寄《よ》り道《みち》までして帰《かえ》る。一分《ぷん》一秒《びょう》が貴重《きちょう》な受験生《じゅけんせい》にとって、とんでもない無駄《むだ》をしていることになるんだけど、その無駄《むだ》をけっこう楽《たの》しんでいる。

自転車《じてんしゃ》を押《お》して校庭《こうてい》に出《で》た。

グラウンドでは、サッカー部員《ぶいん》たちが喚声《かんせい》をあげながらボールを追《お》っている。日《ひ》は傾《かたむ》きかけているというのに、熱気《ねっき》は衰《おとろ》えを知《し》らない。乾《かわ》ききった地面《じめん》から陽炎《かげろう》が立《た》ち上《のぼ》り、サッカー部員《ぶいん》たちを包《つつ》み込《こ》んでいる。

熱気《ねっき》の渦《うず》に取《と》り込《こ》まれて、溶《と》けかかったチーズのようにプレーしている選手全体《せんしゅぜんたい》がどろりと歪《ゆが》んで見《み》える。俊敏《しゅんびん》な動《うご》きをしているはずが、まるでスローモーション画面《がめん》を見《み》ているように緩慢《かんまん》に感《かん》じられた。

ぼくらまでチーズにされてしまいそうで、熱気《ねっき》を避《さ》けて校庭脇《こうていわき》の植《う》え込《こ》みの木陰《こかげ》を選《えら》んで校門《こうもん》へ向《む》かった。しきりと長峰《ながみね》が話《はな》しかけてくる。だけど長峰《ながみね》の声《こえ》も熱気《ねっき》で溶《と》けたようになってぼくの耳《みみ》に届《とど》く前《まえ》に言葉《ことば》としての体《てい》を失《うしな》ってしまう。

この耐《た》え難《がた》い暑《あつ》さなんかまったく気《き》にもとめていないかのように淀《よど》みなく話《はな》しかけてくる長峰《ながみね》

に、ぼくはやっとの思《おも》いで生返事《なまへんじ》を挟《はさ》んでいた。すると、長峰《ながみね》の声《こえ》ともサッカー部員《ぶいん》たちの喚声《かんせい》とも明《あき》らかに違《ちが》う音域《おんいき》の音《おと》が鼓膜《こまく》に鳴《な》り響《ひび》いてきた。

体全体《からだぜんたい》を震《ふる》わすような、重《おも》く低《ひく》い音《おと》。

音《おと》は天《てん》から降《ふ》り注《そそ》ぎ、大地《だいち》を揺《ゆ》るがしている。ボールを追《お》うサッカー部員《ぶいん》たちの足《あし》が止《と》まり、誰《だれ》からともなく上空《じょうくう》を見上《みあ》げる。

「おっ！」

つられて空《そら》を見上《みあ》げたぼくは、ちょっと間延《まの》びした声《こえ》をあげてしまった。

それは、抜《ぬ》けるような青空《あおぞら》にぽっかり浮《う》かぶ、ちっぽけなはぐれ雲《ぐも》のように見《み》えた。

「宇宙船《うちゅうせん》……」

長峰《ながみね》も気《き》づいてまぶしそうに空《そら》を見上《みあ》げていた。

「コスモナート《恒星間宇宙戦艦》・リシテア号《ごう》……。国連宇宙軍《こくれんうちゅうぐん》の新鋭艦《しんえいかん》……」

真《ま》っ白《しろ》でつるつるとしていて、優美《ゆうび》な曲線《きょくせん》にかたどられたその外観《がいかん》は、鋼鉄《こうてつ》の構造物《こうぞうぶつ》というより、しなやかな海《うみ》の生《い》き物《もの》を思《おも》わせた。

亜光速航行《あこうそくこうこう》を可能《かのう》にした夢《ゆめ》の宇宙船《うちゅうせん》が、大気圏内《たいきけんない》を自慢《じまん》げにのっそりと、優雅《ゆうが》に飛行《ひこう》している。

クルー募集《ぼしゅう》キャンペーンの一環《いっかん》として、リシテア号《ごう》が日本《にほん》にやってきたってニュースが流《なが》れたのは二、三週間前《しゅうかんまえ》。とはいっても、どこかの航宙自衛隊基地《こうちゅうじえいたいきち》に寄港《きこう》したまま、メディアにお披露《ひろ》目《め》されずにいたリシテア号《ごう》を、なんの前触《まえぶ》れもなしに生《なま》で目《め》にすることになったんだから、正直《しょうじき》いって驚《おどろ》いた。

たぶん、選考会《せんこうかい》は基地内《きちない》で行《おこな》われたんじゃないだろうか？　実物《じつぶつ》を目《め》にすることで、志願者《しがんしゃ》の意欲《いよく》と士気《しき》もいっそう高《たか》まるってわけだろう。ただし、よくわからないのが、一般公募《いっぱんこうぼ》ってふれこみながら、応募方法《おうぼほうほう》も選考基準《せんこうきじゅん》も一切明《いっさいあき》らかにされていないということ。選抜《せんばつ》メンバーについて唯一《ゆいいつ》ぼくが知《し》っている情報《じょうほう》といえば、日本人枠《にほんじんわく》くらい。たしか、募集枠千人《ぼしゅうわくにん》のうち、タルシアン・プロジェクトへの出資額《しゅっしがく》に比例配分《ひれいはいぶん》して、二百二十人《にん》を日本人《にほんじん》クルーが占《し》めるって話《はなし》だった。

「リシテア号《ごう》が飛《と》んでるってことは、もうメンバーの選考《せんこう》が終《お》わったのかな？」

リシテア号《ごう》のことは、とりわけクラスの男子《だんし》の間《あいだ》でも話題《わだい》になっていた。ただ単《たん》にその雄姿《ゆうし》に惹《ひ》かれて、とにかく乗《の》れるものならと、本気《ほんき》で応募《おうぼ》を考《かんが》えているやつも数《すう》人《にん》いた。いくら選考基準《せんこうきじゅん》が明《あき》らかにされていないとはいっても、誰《だれ》がどう考《かんが》えたって中学生《ちゅうがくせい》までその範疇《はんちゅう》に入《はい》っているなんて、ありえないのに。

でもまあ、血気盛《けっきさか》んな中学生《ちゅうがくせい》にとって、宇宙船《うちゅうせん》乗《の》りはたしかにあこがれだし、国家《こっか》の威信《いしん》を背《せ》負《お》って晴《は》れてメンバーに選出《せんしゅつ》されるってことは、とびっきり名誉《めいよ》なことだ。それに加《くわ》えて待遇面《たいぐうめん》でも、人気《にんき》アイドル並《な》みの年俸《ねんぽう》が保証《ほしょう》されてるって、まことしやかな噂《うわさ》まで流《なが》れてるくらいだから、志願者《しがんしゃ》が殺到《さっとう》しても不思議《ふしぎ》はないかもしれない。

だけど、なんで一般公募《いっぱんこうぼ》なんかするんだろう？

千人規模《にんきぼ》の探査隊《たんさたい》っていったって、国連宇宙軍各編制国《こくれんうちゅうぐんかくへんせいこく》の自前《じまえ》の宇宙軍《うちゅうぐん》からスペシャリストを供出《きょうしゅつ》すれば、それくらいすぐにでも達成《たっせい》できる数字《すうじ》じゃないだろうか。

まあ、タルシアン関連《かんれん》のプロジェクトに関《かん》しては多《おお》かれ少《すく》なかれ謎《なぞ》だらけで、一中学生《いちちゅうがくせい》が疑問《ぎもん》を挟《はさ》んでみたって、なんの答《こた》えが得《え》られるわけでもないのはわかってるけど……。

「ざっと計算《けいさん》して、各県《かくけん》から四、五人選《にんえら》ばれるってことかな。ひょっとしたら、この町《まち》からも、ひとりくらい選《えら》ばれたかなあ……」

そのひとりになることが、ラッキーなのかアンラッキーなのか、正直《しょうじき》いってぼくにはわからない。

長峰《ながみね》を振《ふ》り返《かえ》ると、「うん」と肯定《こうてい》とも否定《ひてい》ともつかない曖昧《あいまい》な返事《へんじ》をしてうつむいてしまった。

「ああ、長峰《ながみね》。興味《きょうみ》ないよな。こんな話《はなし》」

気《き》まずい雰囲気《ふんいき》がたちこめそうになるのを敏感《びんかん》に察知《さっち》して、ぼくは取《と》り繕《つくろ》うようにして口早《くちばや》に話題《わだい》を切《き》り替《か》えた。

「いつものコンビニ寄《よ》ってく？」

「うん、寄《よ》ってく」

校門《こうもん》を出《で》て、しばらくはちぐはぐな感《かん》じの会話《かいわ》が続《つづ》いた。

あえてリシテア号《ごう》のことには触《ふ》れまいと、ぼくは空《そら》を仰《あお》ぎ見《み》ないようにして進《すす》む。

ＪＲの踏《ふ》み切《き》りのところで遮断機《しゃだんき》につかまってしまった。どこからともなく聞《き》こえてくる蝉《せみ》時雨《しぐれ》。それに遮断機《しゃだんき》の立《た》てるカンカンという甲高《かんだか》い音《おと》が重《かさ》なる。

暑《あつ》さをいっそう倍加《ばいか》させる神経《しんけい》に障《さわ》る音《おと》たちの競演《きょうえん》。いや、もうひとつあった。

頭上《ずじょう》からのしかかってくる重低音《じゅうていおん》。見上《みあ》げようとしたところで通過《つうか》するコンテナ列車《れっしゃ》が視界《しかい》を遮《さえぎ》った。ゴトンゴトン、ゴトンゴトン。再《ふたた》び開《ひら》けた視界《しかい》の真正面《ましょうめん》にリシテア号《ごう》がいた。さっきよりぐんと高度《こうど》を下《さ》げている。どれくらいの高度《こうど》を飛《と》んでいるんだろう。距離感《きょりかん》がつかめない。それでもまだかなりな高《たか》さを飛《と》んでいるのだろう、大《おお》きくなったとはいっても、まだペンケースくらいにしか見《み》えない。

高度《こうど》を上《あ》げ下《さ》げしてるってことは訓練飛行《くんれんひこう》だろうか？

選抜《せんばつ》メンバーを各地《かくち》で拾《ひろ》いつつ、全国行脚《ぜんこくあんぎゃ》を行《おこな》っているんだろうか？

「行《い》こう」

長峰《ながみね》がシャツの袖《そで》を引《ひ》っぱった。

遮断機《しゃだんき》はとっくに上《あ》がり、警報《けいほう》は鳴《な》り止《や》んでいた。

放課後《ほうかご》の寄《よ》り道《みち》っていったって、中学生《ちゅうがくせい》の行動範囲《こうどうはんい》だからたかが知《し》れてる。

部活帰《ぶかつがえ》りの空腹《くうふく》をちょっぴり満《み》たしてくれるコンビニも、ぼくら中学生《ちゅうがくせい》にとっての数少《かずすく》ない聖地《せいち》のひとつだった。いつもの時間帯《じかんたい》、いつものコンビニ。レジ前《まえ》にできる見知《みし》った顔《かお》の行列《ぎょうれつ》。そしてにぎやかなしゃべり声《ごえ》。だけど、部活《ぶかつ》を辞《や》めたとたんに、その喧騒《けんそう》がうっとうしくなってしまった。だから、ぼくらはあえて通学路《つうがくろ》からちょっと外《はず》れたコンビニに寄《よ》り道《みち》するようになった。

下校時間《げこうじかん》をとっくに過《す》ぎてはいるけど、まだ部活《ぶかつ》が終《お》わるには間《ま》があるといった微妙《びみょう》な時間帯《じかんたい》。お客《きゃく》そのものが少《すく》なくひっそりと静《しず》かで、見知《みし》った顔《かお》と出《で》くわすこともない。ちょっと後《うし》ろめたいような秘密《ひみつ》めいた解放感《かいほうかん》がたまらなく心地《ここち》よかった。

そこでぼくらはおもむろに店内《てんない》を一巡《じゅん》し、コミック雑誌《ざっし》を立《た》ち読《よ》みしてひと呼吸《こきゅう》置《お》き、さらにもう一巡《じゅん》し慎重《しんちょう》に品選《しなえら》びしてお目当《めあ》ての商品《しょうひん》をゲットする。もっとも部活《ぶかつ》を辞《や》めて腹《はら》ペコ状態《じょうたい》から脱《だっ》してしまったぼくらが選《えら》ぶのは、たいてい冷《ひ》えたジュース一缶《かん》とかいった、つつましやかなものでしかない。

「どこ行《い》こう？」

コンビニを出《で》て空《そら》を見上《みあ》げた。ほんの短《みじか》い間《あいだ》にリシテア号《ごう》は姿《すがた》を消《け》していた。かわりに黒《くろ》い雲《くも》が低《ひく》くたれこめて空《そら》を覆《おお》いはじめていた。

「バス停行《ていい》こうか？」

「うん、行《い》こう」

ぼくらが目指《めざ》したのは、「階段上《かいだんうえ》」っていうバス停《てい》。

途中雲行《とちゅうくもゆ》きはいよいよ怪《あや》しくなり、急《きゅう》に夜《よる》がやってきたかのように周囲《しゅうい》が暗《くら》くなったかと思《おも》うと、いきなり大粒《おおつぶ》の雨《あめ》が降《ふ》り落《お》ちてきた。

「急《いそ》ごう！」

乾《かわ》ききって白《しろ》っぽく粉《こ》を吹《ふ》いたようになっていたアスファルトが、たちまち黒《くろ》い点《てん》で覆《おお》われていく。夕立《ゆうだち》に打《う》たれながら、ぼくらは全速力《ぜんそくりょく》で駆《か》けた。

「ぬれちゃったね」

休憩場所《きゅうけいばしょ》にバス停《てい》を選《えら》んだのは結果的《けっかてき》に正解《せいかい》だった。バス停《てい》には待合《まちあ》い場所《ばしょ》として、屋根《やね》つきの年季《ねんき》の入《はい》った小屋《こや》がついている。雨宿《あまやど》りにはうってつけの場所《ばしょ》だ。

小屋《こや》に駆《か》け込《こ》むと長峰《ながみね》は、くすっと笑《わら》ってベンチに座《すわ》り、まだ息《いき》を荒《あら》らげたまま ぐしょぬれの靴《くつ》と靴下《くつした》を脱《ぬ》ぎはじめた。制服《せいふく》の短《みじか》いスカートからはみ出《で》ている女子《じょし》の生足《なまあし》は見慣《みな》れていて免疫《めんえき》になっているはずなのに、指《ゆび》の先《さき》まで無防備《むぼうび》にさらけだされた長峰《ながみね》の足《あし》を間近《まぢか》に目《め》にするのははじめてのことで、ちょっとドキッとした。悲《かな》しいくらいに白《しろ》くてかわいそうなくらいに細《ほそ》かった。

小屋《こや》に先客《せんきゃく》はいなかった。ぼくらふたりが占有《せんゆう》することになった。降《ふ》り募《つの》る雨《あめ》を無言《むごん》で眺《なが》めながら、渇《かわ》いた喉《のど》に冷《つめ》たいジュースを流《なが》し込《こ》んだ。

たぶん、次《つぎ》のお客《きゃく》は来《こ》ないだろう。このバス停《てい》でいくら待《ま》ってもバスは来《こ》ない。なにしろバス停《てい》といっても、数年前《すうねんまえ》に路線《ろせん》は廃止《はいし》になっている。バス会社《がいしゃ》が倒産《とうさん》したわけじゃないけど、経営《けいえい》の合理化《ごうりか》だとかで、路線《ろせん》の見直《みなお》しがはかられたからだ。けっこうショックだった。バスも通《かよ》わなくなったなんて。ぼくらの町《まち》をけっこう都会《とかい》のつもりでいたのに。

バスは通《とお》らないのに、なぜだかバス停《てい》と小屋《こや》は残《のこ》された。撤去《てっきょ》の費用《ひよう》さえ会社《かいしゃ》が惜《お》しんだのか、道案内《みちあんない》の格好《かっこう》の目印《めじるし》として近隣住民《きんりんじゅうみん》の要望《ようぼう》を入《い》れた結果《けっか》なのか、そのあたりはよくわからないが、昼間《ひるま》、集会所《しゅうかいじょ》として猫《ねこ》たちに大《おお》いに重宝《ちょうほう》がられているという噂《うわさ》を聞《き》いたことがある。

どっちにしても、この小屋《こや》にいると、時《とき》が止《と》まっているどころか、逆行《ぎゃっこう》しているんじゃないだろうかって錯覚《さっかく》してしまう。ほんとうにここだけ、平成《へいせい》、いや昭和《しょうわ》の後期《こうき》に逆戻《ぎゃくもど》りしてしまってるんじゃないだろうか？

「長峰《ながみね》、長峰《ながみね》は高校《こうこう》行《い》っても剣道続《けんどうつづ》けるんだろ？」

小止《こや》みになってきた雨《あめ》を見《み》つめながら、ぼくはそう聞《き》いた。

「さあ、どうかな……」

「実力《じつりょく》あるんだから、もったいないよ。続《つづ》けないと」

「だけど、ミカコはノボルくんと違《ちが》ってあんまり活躍《かつやく》できなかったし、剣道《けんどう》、もういいかなって……」

「だからよけいに続《つづ》けてほしいんだ。城北高《じょうほくこう》だと、剣道部《けんどうぶ》しっかりしてるし、女子部員《じょしぶいん》も大勢《おおぜい》いるし、ぜったい活躍《かつやく》できるから……」

「わたし、べつに目立《めだ》とうなんて思《おも》っていないから……。それに、中学《ちゅうがく》の部活《ぶかつ》、ちゃんと楽《たの》しんでたから……」

「洗濯《せんたく》とかが……？」

「うん、洗濯《せんたく》とか応援《おうえん》とか。それより、ノボルくんは剣道続《けんどうつづ》けるの？」

「もちろん」

「ふーん。そんなこといって、ほんとはわたしといっしょの部活《ぶかつ》に入《はい》りたいんでしょ」

いたずらっぽい目《め》をして長峰《ながみね》はいった。

「おまえ、なにいってるんだよ」

半分当《はんぶんあ》たってる。あわててぼくが言《い》い繕《つくろ》うと、一本取《いっぽんと》ったって得意気《とくいげ》な顔《かお》してうれしそうに笑《わら》った。


雨上《あめあ》がりの町《まち》は、生《い》き返《かえ》ったようにおだやかに呼吸《こきゅう》していた。

長峰《ながみね》を後《うし》ろに乗《の》せ、冷《ひ》んやりとした空気《くうき》を全身《ぜんしん》に受《う》け、暮《く》れゆく町《まち》をペダルをこいだ。

二人乗《ふたりの》りを嫌《いや》がっていた長峰《ながみね》が、きょうに限《かぎ》ってためらいもなく後《うし》ろに乗《の》ってくれた。

長峰《ながみね》は、いまどんな顔《かお》をしているだろう？　両肩《りょうかた》にそっと乗《の》せられた手《て》から、長峰《ながみね》の体温《たいおん》が生《なま》乾《がわ》きのシャツを通《とお》して微《かす》かに伝《つた》わってくる。

「空《そら》、きれいだね」

夕映《ゆうば》えの空《そら》をぼくらは見上《みあ》げた。

雲《くも》も高層《こうそう》マンションも電柱《でんちゅう》も、茜色《あかねいろ》に輝《かがや》いていた。

見慣《みな》れているはずの風景《ふうけい》が、まるで初《はじ》めて来《き》た場所《ばしょ》みたいにぼくの目《め》に新鮮《しんせん》に映《うつ》った。できればこの美《うつく》しい光景《こうけい》のまま、時《とき》が止《と》まってくれればいいのにと、詩人《しじん》にでもなった気分《きぶん》でふと思《おも》った。だけど、得《え》がたい至福《しふく》の時間《じかん》はそう長《なが》くは続《つづ》かなかった。あの不快《ふかい》な重低音《じゅうていおん》がまた、頭上《ずじょう》からのしかかってきたのだ。

今度《こんど》のは、いっそう強烈《きょうれつ》だった。髪《かみ》の毛《け》が逆立《さかだ》ち全身《ぜんしん》が粟立《あわだ》った。無視《むし》できずにブレーキをかけペダルを止《と》め、リシテア号《ごう》を探《さが》して上空《じょうくう》を見回《みまわ》した。だけどどこにも白《しろ》く優美《ゆうび》な姿《すがた》はない。

すると、頭上《ずじょう》を背後《はいご》から掠《かす》めるようにして、白《しろ》い物体《ぶったい》が視界《しかい》を埋《う》めて出現《しゅつげん》した。

超低空《ちょうていくう》を、リシテア号《ごう》は飛《と》んでいたのだ。

「でけー!」

ばかみたいにポカンと口《くち》を大《おお》きく開《あ》け、およそなんの工夫《くふう》もない言葉《ことば》をぼくはもらしていた。それしか反応《はんのう》しようがなかった。

一瞬《いっしゅん》視界《しかい》を埋《う》め尽《つ》くしたかと思《おも》うと、猛《もう》スピードでリシテア号《ごう》は前方《ぜんぽう》へ飛《と》び去《さ》っていく。去《さ》り際《ぎわ》にリシテア号《ごう》は左右《さゆう》に黒《くろ》い物体《ぶったい》を射出《しゃしゅつ》した。五体《たい》ずつ都合《つごう》十の物体《ぶったい》は、思《おも》い思《おも》いの航跡《こうせき》を描《えが》いて、リシテア号《ごう》を追《お》っていく。

「トレーサーだ!」

リシテア号《ごう》に積載《せきさい》されたトレーサーは、人型《ひとがた》をした有人探査機《ゆうじんたんさき》だ。その原型《げんけい》は、火星探査用《かせいたんさよう》に開発《かいはつ》されたものだと聞《き》いている。リシテアに積《つ》まれたトレーサーは、次世代型《じせだいがた》の最新鋭機《さいしんえいき》だ。陸《りく》海空《かいくう》はもちろん、宇宙空間《うちゅうくうかん》でだって自在《じざい》に動《うご》き回《まわ》れる万能《ばんのう》マシンで、タルシアンの技術《ぎじゅつ》が随所《ずいしょ》に応用《おうよう》されてるって噂《うわさ》だ。

「ああ、やっぱりオペレーターの訓練《くんれん》が始《はじ》まってるんだ」

長峰《ながみね》が身近《みぢか》にいることも忘《わす》れて、ぼくはトレーサーの軌跡《きせき》に見《み》とれてしまった。

まるっきし他人事《ひとごと》に思《おも》えていた、火星調査隊《かせいちょうさたい》の惨劇《さんげき》や、その後《ご》の一連《いちれん》のタルシアン・ショックやタルシアン探査隊《たんさたい》や、そのメンバー選考《せんこう》のことが、にわかに現実味《げんじつみ》をおびて感《かん》じられてきた。

リシテア号《ごう》を追《お》うようにしてまたペダルをこぎはじめたときだった。

「ノボルくん……」

長峰《ながみね》がぼくに身《み》を寄《よ》せてきた。

髪《かみ》の毛《け》が首筋《くびすじ》に触《ふ》れ、長峰《ながみね》が顔《かお》を近《ちか》づけてくるのがわかった。

耳元《みみもと》に息《いき》がかかり、長峰《ながみね》が次《つぎ》になにをいおうとしているのかと、ぼくは緊張《きんちょう》した。だけど、長《なが》峰《みね》の発《はっ》した言葉《ことば》はおよそぼくの想像《そうぞう》したものとはかけ離《はな》れていた。

「わたしね、あれに乗《の》るんだよ」

長峰《ながみね》の言葉《ことば》の意味《いみ》を把握《はあく》するのに実際《じっさい》は五秒《びょう》とかからなかったはずだけど、主観的《しゅかんてき》には二時間《じかん》ばかし混乱《こんらん》していたように感《かん》じられた。

どういう順序《じゅんじょ》で事態《じたい》を正確《せいかく》に理解《りかい》し事実《じじつ》として受《う》け入《い》れたのかよくは覚《おぼ》えていないけど、「からかってるんだろ？」とか、最初《さいしょ》は現実的《げんじつてき》な反応《はんのう》をしたはずだ。そんな冗談《じょうだん》みたいな話《はなし》、信《しん》じろってほうが無理《むり》ってもんだ。

だって、長峰《ながみね》は中学生《ちゅうがくせい》で女《おんな》の子《こ》で、しかも知力体力的《ちりょくたいりょくてき》にとりたてて非凡《ひぼん》な才能《さいのう》の持《も》ち主《ぬし》ってわけでもないのだから。どうして、平凡《へいぼん》な女子中学生《じょしちゅうがくせい》がトレーサー乗《の》りなんかに選《えら》ばれなきゃならないんだ？

そこらの選考過程《せんこうかてい》について、長峰本人《ながみねほんにん》の説明《せつめい》はいまひとつ要領《ようりょう》を得《え》なかった。

「おまえ、志願《しがん》したの？」ってストレートに聞《き》いてみたけど、もちろんそんなはずはなかった。六月《がつ》の第《だい》一土曜《どよう》だかに防衛省《ぼうえいしょう》のエージェントだかが自宅《じたく》を訪《おとず》れ、両親《りょうしん》を交《まじ》えて「是非選考《ぜひせんこう》テストを受《う》けてほしい」と説得《せっとく》にかかったのだという。前後《ぜんご》の状況《じょうきょう》から判断《はんだん》すると、両親《りょうしん》には先刻通知《せんこくつうち》済《ず》みだったように思《おも》える。

でもって選考《せんこう》は航宙自衛隊広報部《こうちゅうじえいたいこうほうぶ》さいたま支部《しぶ》とやらで行《おこな》われた。難《むずか》しい知能《ちのう》テストや体力測定《たいりょくそくてい》が待《ま》ってるものと思《おも》いきや、面接官五人《めんせつかんにん》を前《まえ》に簡単《かんたん》な面談《めんだん》がなされただけで、選考《せんこう》テストはものの十分《ぷん》そこらで終《お》わってしまった。「拍子抜《ひょうしぬ》けしちゃった」と長峰《ながみね》は笑《わら》って教《おし》えてくれた。いや、笑《わら》える話《はなし》じゃないだろ。

「他《ほか》にはどんな人《ひと》が受《う》けに来《き》てた？」

「その時間《じかん》に来《き》てたのはわたしひとりだった」って返事《へんじ》。

で、合格《ごうかく》の通知《つうち》はすぐさま舞《ま》い込《こ》んだ。

「ちょっと待《ま》ってくれ」と十秒《びょう》くらいの考慮時間《こうりょじかん》をもらって話《はなし》を頭《あたま》から整理《せいり》し、ぼくは聞《き》いた。

「それって、拒否権《きょひけん》はなかったの？」長峰《ながみね》はきょとんとした顔《かお》で他人事《ひとごと》のように答《こた》えた。「そんなこと考《かんが》えもしなかった」

有事法《ゆうじほう》の特別条項《とくべつじょうこう》として五年前《ねんまえ》に国会決議《こっかいけつぎ》された「タルシアン特別法《とくべつほう》」によれば、「国家《こっか》が関与《かんよ》するタルシアン関連《かんれん》のすべてのプロジェクトに関《かん》して、すべての国民《こくみん》には可能《かのう》な限《かぎ》り協力《きょうりょく》する義務《ぎむ》がある」ということになる。ああ、たしかに……。

法律《ほうりつ》を持《も》ち出《だ》されては従《したが》うしかないのかもしれない。だけどぼくには納得《なっとく》がいかなかった。どう考《かんが》えたって理不尽《りふじん》だ。事態《じたい》が半分《はんぶん》飲《の》み込《こ》めてきたあたりで、だんだん腹《はら》が立《た》ってきた。それは、ひとつには長峰《ながみね》がいままでぼくに内緒《ないしょ》にしていたせいもある。そんな重要《じゅうよう》な決定《けってい》をぼくにはひとことの相談《そうだん》もなしに……。

「だって、守秘義務《しゅひぎむ》があるっていわれたんだもの。今後《こんご》の選考作業《せんこうさぎょう》の妨《さまた》げになるから、入隊日《にゅうたいび》まで誰《だれ》にも口外《こうがい》しちゃダメだって、黒服《くろふく》のエージェントから念《ねん》を押《お》されたの」長峰《ながみね》は悲《かな》しそうな目《め》をしていった。入隊日《にゅうたいび》はまだまだ先のことだったけど、秘密《ひみつ》にしておけなかったから打《う》ち明《あ》けたんだと。

「誰《だれ》にもしゃべっちゃダメだよ。騒《さわ》がれるの好《す》きじゃないから……」親《した》しい女《おんな》の子《こ》の友達《ともだち》にもまだ内緒《ないしょ》にしているらしい。ぼくだけ特別扱《とくべつあつか》いってことだ。そのこと自体《じたい》はうれしかったけど、長《なが》峰《みね》の今後《こんご》のことを考《かんが》えると、能天気《のうてんき》に喜《よろこ》ぶ気分《きぶん》にはとてもなれなかった。

ばかみたいにあれこれ思《おも》いつくことを質問《しつもん》し、すっかり暗《くら》くなるころに長峰《ながみね》を自宅《じたく》の高層《こうそう》マンションに送《おく》り届《とど》け、「とにかく、体《からだ》に気《き》をつけろよ」って神妙《しんみょう》な顔《かお》していったら、「お別《わか》れいうのはまだ先《さき》のことよ」って笑《わら》われてしまった。

当《とう》の本人《ほんにん》はもう肝《きも》が据《す》わってる感《かん》じだった。

長峰《ながみね》の住《す》んでるマンションは超高層《ちょうこうそう》で、しかも、長峰《ながみね》の住居《じゅうきょ》はほとんど最上階《さいじょうかい》に近《ちか》いところらしい。ぼくが送《おく》っていくのはエントランスの前《まえ》までで、もちろん家《いえ》に招《まね》き入《い》れられたことは一度《いちど》もない。よくよく考《かんが》えてみれば、両親《りょうしん》の顔《かお》も知《し》らない。たしか、両親《りょうしん》とも県庁《けんちょう》に勤《つと》めてるって聞《き》いたことがある。あと、ひとりっ子《こ》だってことくらいは知《し》ってる。長峰《ながみね》とは、小学校《しょうがっこう》は別《べつ》だったし中学校《ちゅうがっこう》でも三年《ねん》になるまでクラスは別《べつ》だった。考《かんが》えてみれば、長峰《ながみね》のことは知《し》っているようで実際《じっさい》知《し》らないことだらけだ。

長峰《ながみね》のマンションからの帰《かえ》り道《みち》、ぼくは長峰《ながみね》の両親《りょうしん》の顔《かお》を知《し》らないことを歯痒《はがゆ》く思《おも》った。両親《りょうしん》してどんな顔《かお》で長峰《ながみね》の入隊《にゅうたい》を受《う》け止《と》めたのか、想像《そうぞう》がつかなかったからだ。笑顔《えがお》で祝福《しゅくふく》したんだろうか？　それとも悲嘆《ひたん》にくれた顔《かお》で長峰《ながみね》を慰《なぐさ》めたんだろうか？

その夜《よる》は考《かんが》えることがいっぱいで、受験勉強《じゅけんべんきょう》が手《て》につかないどころか、まったく寝《ね》つけなかった。あしたどういう顔《かお》して長峰《ながみね》と教室《きょうしつ》で会《あ》えばいいのかわからなかった。どっちにしても夏休《なつやす》みまでは幾日《いくにち》もない。秘密《ひみつ》を守《まも》り通《とお》すことはそう難《むずか》しくないように思《おも》えた。

最終的《さいしゅうてき》に考《かんが》えたことは、ぼくになにができるかってことだった。

長峰《ながみね》にしてやれることってなんだろうって考《かんが》えた。具体的《ぐたいてき》になにをすればいいのか考《かんが》えているうちに、長峰《ながみね》が入隊《にゅうたい》するタルシアン探査隊《たんさたい》についての知識《ちしき》が、あまりに乏《とぼ》しいことに気《き》づかされた。

学校《がっこう》の図書室《としょしつ》で調《しら》べればいいって思《おも》ったけれど、あしたが待《ま》てなくって携帯《けいたい》の情報《じょうほう》サービスサイトにアクセスして片《かた》っ端《ぱし》から関連情報《かんれんじょうほう》をかき集《あつ》めた。どこをどう検索《けんさく》しても、選考基準《せんこうきじゅん》はわからない。わかったことは、タルシアン探査《たんさ》の旅《たび》に先立《さきだ》って、選抜《せんばつ》メンバーの訓練《くんれん》が来春《らいしゅん》、火星基《かせいき》地《ち》で行《おこな》われるってことだった。

火星《かせい》！

あの長峰《ながみね》が火星《かせい》へ！

ますます実感《じっかん》がわかなかった。

やっぱり担《かつ》がれてるんじゃないかって思《おも》った。

でも、長峰《ながみね》は冗談《じょうだん》いうようなタイプの子《こ》じゃない。きっと火星《かせい》に行《い》くんだろう。で、火星《かせい》行《い》って、その先《さき》どこへ連《つ》れてかれるんだ？　そもそも、タルシアンって、どこから来《き》たんだ？

もちろんわかってる。それがわからないから、それを知《し》りたいから探査隊《たんさたい》が組織《そしき》されたってことは。だけど、あのタルシス遺跡調査隊《いせきちょうさたい》の惨劇以来《さんげきいらい》、タルシアンは地球《ちきゅう》はおろか火星《かせい》にだって姿《すがた》を現《あらわ》していないっていうのに、おせっかいにもあえて彼《かれ》らの行方《ゆくえ》を探索《たんさく》する必要《ひつよう》がどこにあるのだろう？

それに、どこにいるともしれない異星人《いせいじん》を探《さが》す旅《たび》は、いつまで続《つづ》くのだろう？　探査隊《たんさたい》に駆《か》り出《だ》された長峰《ながみね》は、いつ地球《ちきゅう》に帰《かえ》ってこられるんだ？

昼間《ひるま》の長峰《ながみね》の言動《げんどう》のほんとの意味《いみ》が、そのときになってひとつひとつ理解《りかい》できた。

同《おな》じ高校《こうこう》に行《い》けるどころか、ぼくが高校生《こうこうせい》になったころには、長峰《ながみね》ははるか宇宙《うちゅう》の彼方《かなた》にいるんだ。きっと宇宙《うちゅう》には、高校《こうこう》もなければ剣道部《けんどうぶ》もなければ、寄《よ》り道《みち》できるようなコンビニだってないんだろうなって、あたりまえのことに気《き》づいた。

だけど、一生続《いっしょうつづ》く旅《たび》ってわけではない。長峰《ながみね》はきっとすぐに戻《もど》ってくるさ。

きっと、すぐに。

すぐっていつ？

高一《こう》の間《あいだ》に？

それとも？

どういう顔《かお》もなにも、寝不足《ねぶそく》の悲惨《ひさん》な顔《かお》で翌日登校《よくじつとうこう》することになった。だけど意外《いがい》なことに、教室《きょうしつ》に長峰《ながみね》の姿《すがた》はなかった。その日《ひ》長峰《ながみね》は欠席《けっせき》した。きのうの雨《あめ》で風邪《かぜ》でもひいてしまったんじゃないかと心配《しんぱい》になって、休《やす》み時間《じかん》にメールを打《う》った。だけど長峰《ながみね》からの返事《へんじ》は届《とど》かなかった。放課後《ほうかご》またメールした。やっぱり返事《へんじ》はなかった。

その翌日《よくじつ》が、一学期最後《がっきさいご》の日《ひ》だった。

長峰《ながみね》の姿《すがた》はやっぱりなかった。

帰《かえ》りに長峰《ながみね》のマンションを訪《たず》ねてみようかとも思《おも》ったけど気《き》がひけた。繰《く》り返《かえ》し何度《なんど》打ってもメールに返事《へんじ》はない。なんだろ？　家族《かぞく》とお別《わか》れの旅行《りょこう》にでも出《で》たんだろうか？

入隊日《にゅうたいび》を聞《き》いておくんだった。でも、いくらなんでも義務教育修了前《ぎむきょういくしゅうりょうまえ》、ってことはないだろう。まだ、二学期《がっき》も三学期《がっき》もある。焦《あせ》ることはない。それまでにまだ何度《なんど》だって会《あ》えるし、伝《つた》えておくべきことを伝《つた》えるチャンスもあるはずだ。

伝《つた》えておくべきこと？

元気《げんき》でやれよって励《はげ》ましの言葉《ことば》？

部活《ぶかつ》で面倒《めんどう》かけたって感謝《かんしゃ》の言葉《ことば》？

それとももっと別《べつ》ななにか大切《たいせつ》なこと？

とにかく、さよならの挨拶《あいさつ》だけはしとかなきゃ。

それに、親《した》しい仲間《なかま》を呼《よ》んでのささやかな壮行会《そうこうかい》。

だけど、そうしたぼくの思惑《おもわく》は、ことごとく裏切《うらぎ》られることになった。

長峰《ながみね》から久々《ひさびさ》のメールが届《とど》いたのは、夏休《なつやす》みが始《はじ》まって五日目《いつかめ》のこと。発信場所《はっしんばしょ》は月軌道上《つききどうじょう》のリシテア号艦内《ごうかんない》からだった。

2047年《ねん》4月《がつ》 火星基地《かせいきち》

——落《お》ちついて、ミカコ。
まず、敵《てき》の発見《はっけん》。全方位《ぜんほうい》に意識《いしき》を集中《しゅうちゅう》。
死角《しかく》になりやすい後方《こうほう》と頭上《ずじょう》、及《およ》び足下《そっか》につねに留意《りゅうい》すること。
やってるわ。レクチャーどおり。それにシミュレーターで何度《なんど》も経験済《けいけんず》み。
本物《ほんもの》のトレーサーでだって、月面《げつめん》で何度《なんど》も訓練済《くんれんず》み。基本的諸動作《きほんてきしょどうさ》、体験済《たいけんず》み。本物《ほんもの》も贋物《にせもの》も、
そんなに変《か》わりない。だって、本物《ほんもの》の中《なか》にいるいまだって、外《そと》を直接見《ちょくせつみ》てるんじゃなくて全方位《ぜんほうい》
スクリーンに映《うつ》し出《だ》された映像《えいぞう》を見《み》てるだけだから。
だけど、ちょっと違《ちが》うのは、本物《ほんもの》ならではの加速感《かそくかん》。いまだって、火星地上基地《かせいちじょうきち》から急発進《きゅうはっしん》、
急上昇《きゅうじょうしょう》したばっかり。眩暈《めまい》がしそうなくらいのすごい加速感《かそくかん》。
オペレート・ブースにも慣《な》れた。ペダル操作《そうさ》と、腕《うで》の振《ふ》りと、パネルに合《あ》わせた指先《ゆびさき》の動《うご》きも。

今回《こんかい》のはそんなに難《むずか》しくないはず。敵《てき》は一機《き》のみ、攻撃手段《こうげきしゅだん》はミサイル弾《だん》のみ。敵《てき》の反撃《はんげき》なし、従《したが》って回避行動《かいひこうどう》の必要《ひつよう》なし。超簡単《ちょうかんたん》ってとこ。だけど、実戦《じっせん》じゃきっとこうはいかないはずよね。

もちろん、訓練《くんれん》もだんだんと難《むずか》しい条件《じょうけん》がついてレベルアップしてくるんだろうけど……。

でも、ミッション・メニューによれば、戦闘訓練《せんとうくんれん》ばっかり組《く》まれてる。

これってなんか、おかしくない？

どうして？　タルシアンと戦《たたか》うことを想定《そうてい》して？

わかんない。いまは考《かんが》えたってしょうがない。

与《あた》えられたこと、できることをやるだけ。

そう、いまやってることに集中《しゅうちゅう》しよう。

経過時間《けいかじかん》、百二十秒《びょう》。……一、二、三。

もうそろそろ、射出《しゃしゅつ》されたターゲットが出現《しゅつげん》するはず。

あ！　アラーム鳴《な》った。

どこ、どこなの？

落《お》ちついて。

あ！　見《み》つけた！

ターゲット・ロック！　ファイヤー！
……お願《ねが》い、当《あ》たって！

トレーサーのバックパックから、ミサイルが続《つづ》け様《ざま》に射出《しゃしゅつ》された。
左右《さゆう》から二対《つい》、都合《つごう》四基《き》。一基《き》の大《おお》きさはほんのコーヒー缶《かん》ほどしかないが、破壊力《はかいりょく》は抜群《ばつぐん》、運動性能《うんどうせいのう》も極《きわ》めて高《たか》い。

ミカコの放《はな》ったミサイル四基《き》は、演習用《えんしゅうよう》の白《しろ》い模擬機《もぎき》めがけ、それぞれ異《こと》なった軌跡《きせき》を描《えが》いて追尾《ついび》していく。模擬機《もぎき》の機体《きたい》は、エイを思《おも》わせる外見《がいけん》をしている。その形状《けいじょう》と運動《うんどう》はタルシアン単体《たんたい》を擬《ぎ》して設計設定《せっけいせってい》がなされたとされているが、実際《じっさい》のところタルシアン単体《たんたい》に関《かん》する情報《じょうほう》は極《きわ》めて限《かぎ》られている。

ミサイル四基《き》が異《こと》なった動《うご》きをしているのは、標的《ひょうてき》の回避運動《かいひうんどう》に対抗《たいこう》するためだ。標的《ひょうてき》をチームワークで追《お》い込《こ》む追尾《ついび》のフォーメーションには十数《じゅうすう》のパターンがあるが、どれを選《えら》ぶかはトレーサー《オペレーター》乗《の》りの経験《けいけん》と瞬時《しゅんじ》の判断《はんだん》に委《ゆだ》ねられる。

ミカコは新米《しんまい》のオペレーター。しかも本物《ほんもの》の弾《たま》を撃《う》つのはこれがはじめてだ。初心者向《しょしんしゃむ》きに標《ひょう》的《てき》の回避運動《かいひうんどう》は単純化《たんじゅんか》されてはいるが、一基《き》でも命中《めいちゅう》すれば及第点《きゅうだいてん》。四基《き》とも外《はず》した場合《ばあい》に備《そな》え、オペレーターはトレーサー本体《ほんたい》での追尾《ついび》も行《おこな》わなければならない。

模擬機《もぎき》はブースターを噴《ふ》かせ速度《そくど》を上《あ》げ、直線《ちょくせん》に近《ちか》い動《うご》きで振《ふ》り切《き》りにかかる。

散開《さんかい》していた四つのミサイルは、模擬機《もぎき》の描《えが》いた軌跡《きせき》に吸《す》い寄《よ》せられるようにして寄《よ》り集《あつ》まり、ほぼ同一軌道上《どういつきどうじょう》を列《れつ》をなすようにして追従《ついじゅう》する。さらにその背後《はいご》からミカコを乗《の》せたトレーサーが遠隔追尾《えんかくついび》する。

追跡劇《ついせきげき》の背景《はいけい》には、赤茶《あかちゃ》けた乾《かわ》いた大地《だいち》。火星上空広範囲《かせいじょうくうこうはんい》にわたる空域《くういき》を、ミカコは独占《どくせん》している。はるか高高度《こうこうど》からはコスモナート《恒星間宇宙戦艦》が見下《みお》ろし、地上《ちじょう》からは訓練基地《くんれんきち》とその周辺《しゅうへん》で出番《でばん》を待《ま》つ十数体《じゅうすうたい》のトレーサーが見上《みあ》げて、ミカコの戦《たたか》いぶりにいくつもの視線《しせん》が注《そそ》がれている。しかし、機内《きない》で奮闘《ふんとう》しているミカコに、オペレーター仲間《なかま》や教官《きょうかん》の視線《しせん》を気《き》にしている余裕《よゆう》はなかった。

——お願《ねが》い、当《あ》たって！

祈《いの》るような気持《きも》ちで、ミカコはスクリーンを注視《ちゅうし》する。

先頭《せんとう》を奔《はし》るミサイルが模擬機《もぎき》を捉《とら》えた。距離《きょり》を一気《いっき》に縮《ちぢ》め背後《はいご》から襲《おそ》いかかる。

がしかし、命中《めいちゅう》するかに見《み》えた刹那《せつな》、模擬機《もぎき》は体《たい》をひらりとかわし、きわどいタイミングで初《しょ》弾《だん》をやりすごした。

その回避《かいひ》パターンを読《よ》み取《と》って、二基目《きめ》はすぐさま軌道《きどう》を変《か》えた。大《おお》きく膨《ふく》れ、標的《ひょうてき》の退路《たいろ》を

断《た》つべく鼻先《はなさき》に回《まわ》り込《こ》もうとする。

模擬機《もぎき》は接近《せっきん》してきた二基目《きめ》を避《よ》けようと、さらに軌道《きどう》に修正《しゅうせい》を加《くわ》え機体《きたい》を横滑《よこすべ》りさせる。その動《うご》きを予知《よち》していたかのように、三基目《きめ》四基目《きめ》が徒党《ととう》を組《く》んで躍《おど》りかかる。

スクリーンを見《み》つめていたミカコが大《おお》きな瞳《ひとみ》を輝《かがや》かせた。

――ほんとに？

エイのひれのように張《は》り出《だ》した翼部分《つばさぶぶん》に、二基《き》のミサイルは命中《めいちゅう》し貫通《かんつう》して星空《ほしぞら》めがけて飛《と》び去《さ》っていった。爆発《ばくはつ》は起《お》こらない。弾頭《だんとう》は装《そう》填《てん》されていなかった。

「やった！　当《あ》たったのね」

ミカコは思《おも》わずひかえめな歓声《かんせい》をあげた。ミッションの成功《せいこう》に高揚《こうよう》し頬《ほお》を紅潮《こうちょう》させている。

スクリーンに映《うつ》し出《だ》された、トレーサーの外装《がいそう》カメラが捉《とら》えた映像《えいぞう》と、その周辺《しゅうへん》に張《は》りつけられた機載《きさい》コンピュータからの解析《かいせき》データや支援《しえん》メッセージの表示《ひょうじ》は、何度《なんど》も繰《く》り返《かえ》したシミュレーターのそれとさほどの違《ちが》いはなかったものの、やはり本物《ほんもの》に乗《の》っているんだとの思《おも》いがミカコを熱《あつ》くさせていた。

ミッション終了《しゅうりょう》を告《つ》げる機載《きさい》コンピュータの冷静沈着《れいせいちんちゃく》な声《こえ》が流《なが》れる。

ミカコは唇《くちびる》をすぼめ、ふうと息《いき》を吐《は》いた。

——戻《もど》らなくっちゃ。

次《つぎ》の訓練生《くんれんせい》が出番《でばん》を待《ま》っている。速《すみ》やかに訓練空域《くんれんくういき》を明《あ》け渡《わた》さなければならない。

立体画像《りったいがぞう》として手元《てもと》に浮《う》かび上《あ》がるタッチパネルに指先《ゆびさき》を躍《おど》らせ、ミカコは訓練基地《くんれんきち》への帰還《きかん》を命《めい》じた。制御《せいぎょ》ガスを胴体《どうたい》のあちこちから順次噴出《じゅんじふんしゅつ》させ方向転換《ほうこうてんかん》をはかると、トレーサーは頭部《とうぶ》を地表《ちひょう》に向《む》けスカイダイバーさながらに、ほとんど自由落下《じゆうらっか》に任《まか》せて一直線《いっちょくせん》に堕《お》ちていった。

赤《あか》い大地《だいち》と銀色《ぎんいろ》に光《ひか》る建造物《けんぞうぶつ》が猛《もう》スピードで迫《せま》ってくる。

ミカコは淋《さび》しげな表情《ひょうじょう》をしていた。

「シャンプー分《わ》けてくれる？」

間仕切《まじき》りの半透明《はんとうめい》のビニールカーテンが揺《ゆ》れて、泡《あわ》まみれの腕《うで》がミカコの目《め》の前《まえ》ににゅっと伸《の》びてくる。

「えっ。配給分《はいきゅうぶん》、使《つか》っちゃったんですか？」

ミカコは使《つか》っていたシャワーを止《と》め、隣《となり》を振《ふ》り返《かえ》った。

カーテンを透《す》かして、ボディラインがおぼろげに浮《う》かび上《あ》がる。

身長《しんちょう》はさほど差《さ》がないものの、メリハリのついたその曲線《きょくせん》が描《えが》く全体像《ぜんたいぞう》に圧倒《あっとう》されるものを覚《おぼ》えた。

「だって、これっぽっちじゃ半分《はんぶん》も洗《あら》えない。リシテアじゃ、贅沢《ぜいたく》いえないのわかってるけど、ここ、火星《かせい》でしょ。水《みず》はふんだんに使《つか》えるはずよね。まったく、シャンプーくらいケチることないのにね」

「ええ、それはそうだけど……。あっ。わたし、ショートだからそんなにいらないから」

チューブ入《い》りのシャンプーを、ミカコは差《さ》し出《だ》された手《て》に握《にぎ》らせた。

「ありがと」

半開《はんびら》きのカーテンの奥《おく》に手《て》が引《ひ》っ込《こ》む。シャワーがいったん止《や》み、シャカシャカとシャンプーを泡立《あわだ》てる音《おと》がしてくる。

「使《つか》い切《き》っちゃうよ」

「えっ。ええ」

そう返事《へんじ》するしかない。

「きょうの結果《けっか》、どうだった？」

「三回《かい》とも命中《めいちゅう》」

「すごい。ひょっとして、二号機《ごうき》に乗《の》ってなかった？」

「ええ」

「あたしなんか、居残《いのこ》り組《ぐみ》。それもいちばん最後《さいご》にどうにかクリア」

「それじゃ、十二号機《ごうき》の……？」

「ビンゴ！」

勢《いきお》いよくカーテンが全開《ぜんかい》にされた。

「あたし、北條里美《ほうじょうさとみ》。この先思《さきおも》いやられるけど、よろしくね」

額《ひたい》の泡《あわ》を手《て》の甲《こう》でかきあげながら、挨拶《あいさつ》してくる。

ミカコはとっさに胸《むね》を隠《かく》し、驚《おどろ》きの表情《ひょうじょう》で隣人《りんじん》を見《み》つめた。

「わたし、長峰美加子《ながみねみかこ》」

戸惑《とまど》いをあらわに、掠《かす》れ声《ごえ》で挨拶《あいさつ》する。

「中学生《ちゅうがくせい》……？」

これ見《み》よがしに豊《ゆた》かな胸《むね》を突《つ》き出《だ》し、サトミはじろじろと、ミカコにボディチェックを入《い》れる。

「違《ちが》います。この春《はる》、卒業《そつぎょう》してます。っていうか、式《しき》には出《で》られなかったけど」

「あ、ほんとに。そうよね、急《きゅう》な召喚《しょうかん》だったたんでしょ。でも、出席日数《しゅっせきにっすう》足《た》りたの？」

「足《た》りてないけど、特例《とくれい》ってことで。でも、卒業《そつぎょう》っていっても記録上《きろくじょう》のことで、卒業証書《そつぎょうしょうしょ》ももらってないし、実感《じっかん》ないんです」

「ふーん。ひょっとして訓練生《くんれんせい》の中《なか》で最年少《さいねんしょう》かもね？　ああ、ごめんごめん。あたしは十七歳《さい》。ふたつ年上《としうえ》のお姉《ねえ》さんってとこ。あたしの場合《ばあい》は、自分《じぶん》から高校中退《こうこうちゅうたい》しちゃった。エージェントさんの話《はなし》だと、休学扱《きゅうがくあつか》いでも、卒業扱《そつぎょうあつか》いでもどっちでもいいってことだったけど、就職先《しゅうしょくさき》決《き》まったようなもんだから、べつに高卒《こうそつ》の学歴《がくれき》なんて必要《ひつよう》ないかって」

サトミは甲高《かんだか》い声《こえ》でケラケラと笑《わら》った。

「友達《ともだち》できた？」

「そんな余裕《よゆう》なくて。それに、まわりはみんな年上《としうえ》のひとばっかりだから……」

「年上《としうえ》っていってもそんなに差《さ》はないよ。知《し》ってる友達《ともだち》の中《なか》で、最年長《さいねんちょう》でもせいぜい二十一だもの」

「それに、わたし人見知《ひとみし》りするほうだから……」

「だったら、あたしが友達《ともだち》になってあげる。あんまり頼《たよ》りにならないかもしれないけど、よろしくね」

サトミは泡《あわ》まみれの手《て》を差《さ》し出《だ》し、胸《むね》を隠《かく》していたミカコの手《て》を強引《ごういん》に引《ひ》き剝《は》がして握手《あくしゅ》をした。あらわになったミカコの胸《むね》は、たしかに中学生《ちゅうがくせい》と見《み》られてもしかたないくらいに薄《うす》かった。

「でも、女友達《おんなともだち》ばっかできても、正直《しょうじき》なとこつまんないよね」

ミカコはどう答《こた》えていいのかわからず、笑《わら》ってごまかした。

「きっと新《あたら》しい出会《であ》いがあるって、期待《きたい》して入隊《にゅうたい》したのに。がっかりよね。だまされたって感《かん》じ。ちょうどカレシとケンカ別《わか》れしたばっかりだったから、それもあって志願《しがん》したんだけどさ」

「えっ。男《おとこ》の隊員《たいいん》は他《ほか》の艦《かん》にいるんじゃ？」

「あたしも最初《さいしょ》はそう考《かんが》えた。一隻《せき》あたりのクルーが百名《めい》。それ、全員《ぜんいん》が日本人《にほんじん》の女性《じょせい》で占《し》められていても、割《わ》り当《あ》てからしたら一応問題《いちおうもんだい》ないかなって。でも、やっぱり変《へん》よ。月《つき》での訓練《くんれん》のとき、基地《きち》の人《ひと》からこっそり聞《き》き出《だ》して、わかったの。とりあえず、知《し》ってる限《かぎ》りでは、男《おとこ》はまだひとりも訓練《くんれん》受《う》けてないって」

「ほんとに……？」

「ほんとに。でも、がっかりすることないよ。火星基地《かせいきち》での訓練《くんれん》は当分続《とうぶんつづ》くっていうし、ちょっとオジサンばっかりではあるけど、各国代表《かっこくだいひょう》のイケメンも揃《そろ》ってるから。ただし、競争率高《きょうそうりつたか》いけどね」

「わたし、そんなつもりないから……」

「マジメなんだ。優等生《ゆうとうせい》タイプだね。でも、いまのうちに楽《たの》しまなきゃソンだよ。それこそ、訓練期間終《くんれんきかんお》わってコスモナート勤務《きんむ》が決《き》まったら、もう、男《おとこ》っ気《け》なしだからね」

「でも、艦《かん》に誰《だれ》もいないってことは……？」

「うん、もちろん艦長《かんちょう》に航法士《こうほうし》、通信技師《つうしんぎし》、最低限《さいていげん》のメンテ要員《よういん》は乗《の》ってるらしいけど、じいさんばっかしだって話《はなし》。あとは、省力化《しょうりょくか》のためだとかで、調理《ちょうり》や清掃《せいそう》なんかの艦内業務《かんないぎょうむ》はほとんど無人化《むじんか》されてるって」

「じゃ、隊員《たいいん》は女《おんな》ばっかし？」

「そういうこと」

「でも、どうして？」

「知《し》らないわよ。そんなこと。理由《りゆう》なんかわからないわよ。もちろん、お偉《えら》いさんの考《かんが》えたことだから、ちゃんとした理由《りゆう》づけあるんでしょうけど」

「ちょっとだまされたみたいで、複雑《ふくざつ》な気分《きぶん》……」

「まあ、深《ふか》く考《かんが》えたってしょうがないよね。それより、タダで宇宙観光《うちゅうかんこう》できるだけでもめっけもんじゃない。レジャーランド化《か》されてるっていったって、月《つき》だってそう簡単《かんたん》に行《い》けるわけじゃないのに、その月《つき》どころか、火星《かせい》まで来《こ》れたんだもの。無重力《むじゅうりょく》も、1／6Gも1／2Gも体験《たいけん》できたしね。……そうそう、知《し》ってる？　集中訓練《しゅうちゅうくんれん》が終《お》わったら、火星観光《かせいかんこう》が待《ま》ってるんだってよ。例《れい》のタルシス遺跡《いせき》も間近《まぢか》に見《み》られるよ」

「タルシス遺跡《いせき》……？」

ミカコはきょとんとした顔《かお》をした。

「ほら、タルシアンの語源《ごげん》になった遺跡《いせき》のこと。第一次有人火星探検隊《だいいちじゆうじんかせいたんけんたい》が発見《はっけん》した、地球外文明《ちきゅうがいぶんめい》の痕跡《こんせき》……」

「あ、知《し》ってる！　社会《しゃかい》の教科書《きょうかしょ》に写真《しゃしん》載《の》ってた」

「そうそう、それそれ。それじゃ、サトミお姉《ねえ》さんが観光《かんこう》ガイドを兼《か》ねてタルシス遺跡《いせき》についてレクチャーしてあげる。都市《とし》らしきもの、小《しょう》タルシアンと巨大《きょだい》タルシアンの化石《かせき》らしきもの……。そりゃもう、今世紀最大《こんせいきさいだい》の発見《はっけん》！　っていうか、地球人類以外《ちきゅうじんるいいがい》の知的生命体《ちてきせいめいたい》の存在《そんざい》が実証《じっしょう》されたわけだから、世界《せかい》は大騒《おおさわ》ぎ。大大大大大《だいだいだいだいだい》カルチャー・ショックを受《う》けたわけよ。でもって、遺跡《いせき》の脇《わき》にベースキャンプが設営《せつえい》されて、本格的発掘調査《ほんかくてきはっくつちょうさ》が開始《かいし》されたってわけ。それが、いまを去《さ》ること八年前《ねんまえ》、２０３９年《ねん》のこと。あたしが九歳《さい》、あなたが七歳《さい》だった年《とし》ね。おぼろげにだけど、そのときの中継画像《ちゅうけいがぞう》、脳裏《のうり》に焼《や》きついてる」

「わたし、記憶《きおく》にない……」

「そりゃ、小四《しょう》と小二《しょう》じゃ、大《おお》きな違《ちが》いよ。それでね。細々《ほそぼそ》と調査《ちょうさ》は継続《けいぞく》され、調査隊《ちょうさたい》の中間報告《ちゅうかんほうこく》をもとに、本格的《ほんかくてき》な調査隊《ちょうさたい》「第一次火星文明調査隊《だいいちじかせいぶんめいちょうさたい》」が組織《そしき》され、火星《かせい》に派遣《はけん》されたの。ところが、思《おも》いもかけない事態《じたい》が彼《かれ》らを待《ま》っていたってわけ。ベースに到着《とうちゃく》するや、長旅《ながたび》の疲《つか》れを癒《いや》す間《ま》も惜《お》しいとばかり、調査隊《ちょうさたい》の面々《めんめん》は精力的《せいりょくてき》に活動《かつどう》しはじめたの。機材《きざい》と人員《じんいん》を大量投入《たいりょうとうにゅう》しての本格調査《ほんかくちょうさ》が開始《かいし》されて、ほんの一週間《しゅうかん》も経過《けいか》しないころだったかしら、ちょうど、連日連夜休《れんじつれんややす》みなしの中継報道《ちゅうけいほうどう》もクールダウンして、ニュース番組《ばんぐみ》の枠内《わくない》でしか関連映像《かんれんえいぞう》を流《なが》さなくなってたころのこと。速報《そくほう》ニュースとして、様相《ようそう》を一変《いっぺん》させたタルシス遺跡《いせき》の映像《えいぞう》が流《なが》されたの。遺跡《いせき》の半分以上《はんぶんいじょう》とベースキャンプが、ごっそり消滅《しょうめつ》してたってことね。核爆弾並《かくばくだんな》みのエネルギーが一気《いっき》に爆発《ばくはつ》したって感《かん》じ。このときのショッキング映像《えいぞう》、覚《おぼ》えてるでしょ？」

「ごめんなさい。リアルタイムで見《み》た記憶《きおく》がないの。もちろん、爆発《ばくはつ》のシーンは繰《く》り返《かえ》し流《なが》されてる映像《えいぞう》だから後追《あとお》いで見《み》たことあるけど……」

「なんだ、知《し》ってるんじゃない。話《はな》してソンした。ってこともないけど、ついでだから、その後《ご》の経過《けいか》も全部話《ぜんぶはな》しておきましょう。数少《かずすく》ない生存者《せいぞんしゃ》の証言《しょうげん》から、これが事故《じこ》ではなく破壊行為《はかいこうい》だってわかった。タルシス遺跡《いせき》から出土《しゅつど》したのとそっくりな大《だい》タルシアンが出現《しゅつげん》し、調査隊《ちょうさたい》を襲《おそ》ったってことね。知《し》ってのとおり、直後《ちょくご》には封印《ふういん》された映像《えいぞう》も、翌年《よくねん》には公表《こうひょう》された。大《だい》タルシアンの一群《いちぐん》がベース上空《じょうくう》に映《うつ》ってるやつ。その後《ご》の経過《けいか》は中学校《ちゅうがっこう》で習《なら》ったとおり。米国主導《べいこくしゅどう》による国連決議《こくれんけつぎ》でタルシアン条約《じょうやく》が成立《せいりつ》し、条約《じょうやく》を批准《ひじゅん》するかたちで各国独自《かっこくどくじ》に非常事態宣言《ひじょうじたいせんげん》を発令《はつれい》したの。でもって、最優先《さいゆうせん》されたのが、タルシアンの探索《たんさく》だったってわけ。どこから、なんの目的《もくてき》で彼《かれ》らはやって来《き》たのか？　もちろん、侵略目的《しんりゃくもくてき》って最悪《さいあく》のシナリオが真《ま》っ先《さき》に考慮《こうりょ》されたから、全地球的規模《ぜんちきゅうてききぼ》での防衛《ぼうえい》システムの構築《こうちく》も同時《どうじ》になされたわけ。間《ま》に合《あ》わせではあるけど、国連加《こくれんか》盟主要国《めいしゅようこく》の各国既存《かっこくきそん》の宇宙軍《うちゅうぐん》を母体《ぼたい》に、国連宇宙軍《こくれんうちゅうぐん》が編制《へんせい》されたってこと……」

「そこら、知《し》ってます。学校《がっこう》で習《なら》ったから」

ミカコは真剣《しんけん》な表情《ひょうじょう》でうんうんとうなずいてみせた。

「それでもって、どういう経緯《けいい》かは定《さだ》かでないけど、あたしたちがタルシアン探査隊《たんさたい》の選抜《せんばつ》メンバーに選《えら》ばれて、タルシアン探《さが》しの旅《たび》に出《で》ることになったのよね」

「全世界《ぜんせかい》を代表《だいひょう》して選《えら》ばれたんだから、名誉《めいよ》なことですよね」

「そうなんだけど、いまひとつ、実感《じっかん》わかないよね。なにしろ、タルシアンってあれ以来一回《いらいいっかい》も姿《すがた》を現《あらわ》してないんだから。侵略目的《しんりゃくもくてき》って線《せん》は消《き》えたって考《かんが》えて間違《まちが》いないと思《おも》うけどね……」

腕組《うでぐ》みをし、サトミはしばらく考《かんが》えるそぶりをしたが、すぐにまた口《くち》を開《ひら》いた。

「あら、話《はな》し込《こ》んじゃったみたいね。早《はや》く着替《きが》えないと、夕食食《ゆうしょくた》べ損《そこ》なっちゃうよね。生鮮野菜《せいせんやさい》にありつけるのも、いまのうちだけだものね。たっぷり栄養補給《えいようほきゅう》しとかないと。それじゃ、食堂《しょくどう》でね。いっしょの席《せき》で食《た》べましょ」

にっこり笑《わら》うとサトミは、勢《いきお》いよくカーテンを閉《し》めた。

すぐにシャワーの音《おと》が響《ひび》きだした。ミカコも冷《さ》め切《き》ってしまった体《からだ》を温《あたた》めようと、ふたたびシャワーのコックをひねった。


食堂《しょくどう》は大盛況《だいせいきょう》だった。

どのテーブルも二十歳《はたち》そこそこの娘《むすめ》たちに占拠《せんきょ》されていっぱいになっている。その半分《はんぶん》ほどはすでに食事《しょくじ》を終《お》えているのだが、この場《ば》を去《さ》りがたい様子《ようす》でおしゃべりに夢中《むちゅう》になっている。中《なか》にはおしゃべりの輪《わ》には加《くわ》わらず、地球《ちきゅう》に残《のこ》した家族《かぞく》に向《む》けてか、手《て》にした携《けい》帯電話《たいでんわ》で黙々《もくもく》とメールを打《う》っている娘《むすめ》もいる。さながら、女子大《じょしだい》の学食《がくしょく》を思《おも》わせる風景《ふうけい》だった。

支給《しきゅう》されたＩＤカードをセンサーにかざし、カウンターから料理《りょうり》を盛《も》りつけたトレイを受《う》け取《と》ると、ミカコは自分《じぶん》の席《せき》をさがして食堂内《しょくどうない》を見回《みまわ》した。いくつものグループができあがっていて、そうそう勝手《かって》に割《わ》り込《こ》んでよさそうな席《せき》は見《み》つからない。

当惑《とうわく》していると、「こっちよ」と手《て》を振《ふ》って招《まね》き寄《よ》せてくれる娘《むすめ》がいた。

シャワールームでいっしょになったサトミだった。

大半《たいはん》が支給《しきゅう》された揃《そろ》いのトレーナー姿《すがた》でゆったりとくつろぎモードに入《はい》っているなかで、サトミはジーンズの上下《じょうげ》をワイルドに着《き》こなしていた。

ミカコは席《せき》と席《せき》の隙間《すきま》を縫《ぬ》って、ゆっくり慎重《しんちょう》に進《すす》んだ。火星《かせい》へ到着《とうちゃく》してまだ二日目《ふつかめ》、Ｇに慣《な》れきっていなくて、気《き》をつけないとついつい飛《と》び跳《は》ねてしまいそうになる。

いま来《き》たばかりなのか、それともミカコを待《ま》ってくれていたのか、サトミのトレイはまだ手《て》がつけられていなかった。向《む》かい合《あ》わせの席《せき》につき、ミカコは静《しず》かにトレイを置《お》いた。

「ひとつ聞《き》いていい？」

サトミは頬杖《ほおづえ》をついていった。

「気《き》を悪《わる》くしないでほしいんだけど、あなたってけっこう頑固《がんこ》な性格《せいかく》してるでしょ」

なぜ、そんなことをいわれるのか、ミカコは不思議《ふしぎ》でならなかった。

「……どうして？」

「だって、あなたが着《き》てるそれって、たぶん、中学《ちゅうがく》で使《つか》ってたジャージでしょ」

サトミがミカコの着《き》ている服《ふく》を指《ゆび》さしていった。

「服装《ふくそう》は自由《じゆう》だって聞《き》いてたし、これ、いちばん楽《らく》でいいから……」

「そうかもしれないけど、たぶんメインは別《べつ》な理由《りゆう》でしょ。中学生《ちゅうがくせい》の自分《じぶん》のままでいたいって、そういうことじゃない？」

「そんなこと……」

否定《ひてい》しかけて言葉《ことば》につまってしまった。

意識《いしき》して着《き》ていたわけではなかったが、たしかにサトミの指摘《してき》は当《あ》たっていた。

「ごめんね、だから気《き》を悪《わる》くしないでっていったんだけど……。さ、食《た》べましょ。野菜類《やさいるい》は全部《ぜんぶ》火星産《かせいさん》。氷結《ひょうけつ》した地下水《ちかすい》をふんだんに使《つか》って栽培《さいばい》してるんだって。ただし、太陽光《たいようこう》の照度《しょうど》が足《た》りないから、地球上《ちきゅうじょう》より生育《せいいく》が遅《おそ》いんだって……。里芋《さといも》の味噌和《みそあ》えに金平《きんぴら》ゴボウ。味噌汁《みそしる》のお味噌《みそ》に具《ぐ》のお豆腐《とうふ》やなんかまで、現地生産《げんちせいさん》らしいわよ。もちろん、お米《こめ》もね。泣《な》かせてくれるよね。あたしたちのために、和食《わしょく》の食材《しょくざい》をわざわざ栽培《さいばい》してくれてたのかしら。どうでもいいけど、スタッフに感謝《かんしゃ》して、いただきまーす」

「いただきまーす」

箸《はし》をつける前《まえ》にミカコはジャージのポケットから携帯電話《けいたいでんわ》を取《と》り出《だ》しトレイの横《よこ》にそっと置《お》いた。

「重力《じゅうりょく》が関係《かんけい》してるのかもしれないけど、ご飯《はん》の炊《た》き上《あ》がりがいまひとつよね。でもまあ、贅沢《ぜいたく》はいってられないか」

ひとくち箸《はし》をつけた白米《はくまい》を噛《か》み締《し》めながら、サトミがいった。

「あっ、また気《き》を悪《わる》くするかもしれないけど、ひょっとして彼《かれ》からのメール待《ま》ち？」

手《て》にした箸《はし》でミカコの携帯《けいたい》を指《さ》していった。

「彼《かれ》っていうんじゃないけど……」

「どれどれ、貸《か》して」

サトミが素早《すばや》く手《て》を伸《の》ばし、ミカコの携帯《けいたい》を掠《かす》め取《と》る。

待《ま》ち受《う》け画面《がめん》には、頭《あたま》に手拭《てぬぐ》いを巻《ま》いた道着姿《どうぎすがた》のノボルの横顔《よこがお》。

「フーン。けっこうイケメンじゃん」

サトミがニヤッとする。

「やめてください！」

ミカコは慌《あわ》てて携帯《けいたい》を奪《うば》い返《かえ》した。

「同級生《どうきゅうせい》？　どこまでいったの？」

「そんなんじゃないんです」

ミカコは顔《かお》を赤《あか》らめ強《つよ》く否定《ひてい》した。

「じゃ、告白《こくはく》した？」

「してないし、されてもいない。クラブがいっしょで、いっしょの高校《こうこう》、行《い》けたらいいねって約束《やくそく》してたんだけど……」

「そうか、彼《かれ》は高校上《こうこうあ》がったんだね。でも、あなたは火星《かせい》、そして気持《きも》ちは中学生《ちゅうがくせい》のまんまか……」

箸《はし》を止《と》め、ミカコはうつむいてしまった。

「あっ、ごめん。あたしってイジワルな女《おんな》だね。カレシいないもんだから、うらやましくて嫉妬《しっと》してるのかも。待《ま》っていてくれる人《ひと》がいるんだもの。すごく幸《しあわ》せよね。あたしも、ふたりの交際《こうさい》、応援《おうえん》するからね」

「ありがとう。サトミさんって正直《しょうじき》な人《ひと》なんですね」

笑顔《えがお》を取《と》り戻《もど》し、ミカコは純火星産《じゅんかせいさん》の味噌汁《みそしる》に口《くち》をつけた。

■　■　■

ノボルくん。

火星《かせい》では、ずっと演習《えんしゅう》でした。

わたし、これでも選抜《せんばつ》メンバーの中《なか》では成績良《せいせきよ》かったのよ。

オリンポス山《さん》も見《み》たし、マリネリス峡谷《きょうこく》にも行《い》ったよ。

もちろん、タルシス遺跡《いせき》にも。教科書《きょうかしょ》で見《み》るのとは大違《おおちが》い。

住居跡《じゅうきょあと》とか公園《こうえん》みたいな場所《ばしょ》だとか、調査《ちょうさ》が終《お》わって公開《こうかい》されてる場所《ばしょ》は限《かぎ》られてたけど、間近《まぢか》に見《み》られて、すごく興奮《こうふん》したよ。

太陽系《たいようけい》は地球人《ちきゅうじん》だけのものじゃなかったんだなって。

ずっとずっとはるか昔《むかし》、地球《ちきゅう》に文明《ぶんめい》が誕生《たんじょう》するよりもっと昔《むかし》、彼《かれ》らはすでに高度《こうど》な文明《ぶんめい》を築《きず》いていたんだなって実感《じっかん》できて、驚《おどろ》きだった。

遺跡《いせき》のすぐそばには、慰霊塔《いれいとう》が建《た》てられていたよ。タルシアンの攻撃《こうげき》にあって、尊《とうと》い命《いのち》を失《うしな》った第一次《だいいちじ》火星文明調査隊《かせいぶんめいちょうさたい》のひとたちの御霊《みたま》が祀《まつ》られているの。

タルシアンは、どうしてあんなむごいことをしたの？

彼《かれ》らに断《ことわ》りなしに、勝手《かって》に遺跡《いせき》の秘密《ひみつ》を暴《あば》こうとしたから？

だとしたら、彼《かれ》らの怒《いか》りはまだおさまっていないよね。

地球人《ちきゅうじん》は、彼《かれ》らの文明《ぶんめい》の秘密《ひみつ》を徹底的《てっていてき》に暴《あば》こうとしている。

彼《かれ》らから学《まな》んだ高度《こうど》なテクノロジーを、すぐさま吸収《きゅうしゅう》して、いろんなものに応用《おうよう》している。

リシテア号《ごう》にも、彼《かれ》らのテクノロジーがいっぱい詰《つ》まってる。

たとえば、亜光速航法《あこうそくこうほう》とその駆動系《くどうけい》。さらにもっとすごいのが自律型《じりつがた》のハイパードライブが可能《かのう》なこと。一・五光年《こうねん》の距離《きょり》を一気《いっき》にワープできるんだよ。

こんどは彼《かれ》らの技術《ぎじゅつ》を使《つか》って、わたしたちが彼《かれ》らを追《お》う番《ばん》。

彼《かれ》らを追《お》って遠《とお》い宇宙《うちゅう》へ出《で》ていく日《ひ》が、刻一刻《こくいっこく》と近《ちか》づいてくる。

次《つぎ》のメールは木星《もくせい》の衛星《えいせい》イオへ向《む》かうリシテア号《ごう》からかな。
あした火星《かせい》を発《た》ちます。
だんだんと、ノボルくんとの距離《きょり》が隔《へだ》たっていくね。
メールの着信所要時間《ちゃくしんしょようじかん》もどんどん大《おお》きな数字《すうじ》になっていく。
イオに着《つ》いても、きっとメールは届《とど》くよね。
だって、イオにはちゃんと中継基地《ちゅうけいきち》があるんだから……。
それじゃまた。

成績優秀《せいせきゆうしゅう》なミカコより

■
■
■

2047年《ねん》4月《がつ》　城《じょう》北《ほく》高《こう》校《こう》

■
■
■

ノボルくん。

突然《とつぜん》いなくなってしまってゴメンね。

ミカコはいま、月《つき》のベースキャンプにいます。

ちゃんとお別《わか》れをするつもりでいたんだけど、お迎《むか》えはなんの前触《まえぶ》れもなしに突然《とつぜん》やって来《き》たの。

ノボルくんと雨宿《あまやど》りしていっしょに帰《かえ》ったあの日《ひ》の深夜《しんや》、例《れい》のエージェントがやって来《き》て、一時間《じかん》で支度《したく》しろってムチャいったの。ひどいよね。

そんなのないって、両親《りょうしん》も憤慨《ふんがい》してた。

あわてて着替《きが》えをバッグに詰《つ》め込《こ》んで、気《き》がついたら航宙自衛隊《こうちゅうじえいたい》さいたま基地《きち》へ向《む》かう、彼《かれ》らの車《くるま》の中《なか》だった。

みんなとお別《わか》れするのは、卒業式《そつぎょうしき》のもっと後《あと》だって思《おも》い込《こ》んでたのに、ひどいよね。

でも、拉致《らち》されるみたいに連《つ》れ去《さ》られて、かえって良《よ》かったかもって思《おも》ってる。みんなにはナイショで入隊《にゅうたい》の日《ひ》が近《ちか》づくのを一日《にち》一日《にち》待《ま》ってるのって、耐《た》えられなかったと思《おも》う。

それに、いざお別《わか》れってなったら、きっと泣《な》いてしまってたと思《おも》う。泣《な》いたら、行《い》くのイヤだって、甘《あま》えん坊《ぼう》さんみたいにダダこねてたよ。

とにかく、ミカコは無事入隊《ぶじにゅうたい》しました。

そして、思《おも》いのほか元気《げんき》にやってます。

さいたま基地《きち》で簡単《かんたん》な入隊手続《にゅうたいてつづ》きをして支給品《しきゅうひん》を手渡《てわた》されて寝《ね》る間《ま》もなしに早朝《そうちょう》シャトルに押《お》し込《こ》まれ、月《つき》ステーションに一泊《ぱく》して、拉致四日後《らちよっかご》には、晴《は》れの海《うみ》にある国連宇宙軍《こくれんうちゅうぐん》のベースキャンプに到着《とうちゃく》してたの。

さっそくオリエンテーションを受《う》け、やっと個室《こしつ》に解放《かいほう》されて、いまこうやってノボルくんにメール打《う》ってるの。

もちろん、両親《りょうしん》に先《さき》に打《う》ったけどね。

ちゃんと、届《とど》いたかな。

って、両親《りょうしん》に打《う》ったメールで、月《つき》からでも届《とど》くことは確認済《かくにんず》みだけどね。だけど、これから艦隊《かんたい》が移動《いどう》するたびに、いろんな中継衛星《ちゅうけいえいせい》を経由《けいゆ》して届《とど》けられることになるから、ノボルくんから発信《はっしん》するメールは、うまく届《とど》かないこともあるかも。

でもだいじょうぶ。ミカコはまめにメールするつもり。

どこでなにやってるか、ちゃんと報告《ほうこく》するから安心《あんしん》してね。

ミカコの今後《こんご》の予定《よてい》だけど、あしたからさっそく研修開始《けんしゅうかいし》。

りっぱなトレーサー・オペレーターになるべく、レクチャー受《う》けるの。本物《ほんもの》に乗《の》らせてくれるのはいつの日《ひ》かな？

それじゃ、夏休《なつやす》み楽《たの》しんでね。

おっと、受験《じゅけん》が控《ひか》えてるんだったね。

あんまりがんばりすぎて、体《からだ》こわさないようように。

それから、冷《つめ》たいものも控《ひか》えるようにね。

めざせ、志望校突破《しぼうこうとっぱ》！　ファイト！

それじゃ。

拉致《らち》された美少女《びしょうじょ》ミカコより

■　■　■

空元気《からげんき》なのか、それともほんとに舞《ま》い上《あ》がってしまっているのか、長峰《ながみね》から送《おく》られてきたメールは妙《みょう》にテンションの高《たか》い文面《ぶんめん》だった。

でもまあ、経緯《けいい》はともあれ、無事《ぶじ》入隊《にゅうたい》できてよかった。

ぼくは、すぐさまメールを打《う》った。

たしかに、携帯《けいたい》の通信《つうしん》可能《かのう》範囲《はんい》は宇宙《うちゅう》にまで広《ひろ》がっている。特別《とくべつ》な機能《きのう》というわけじゃなくて、ごく普通《ふつう》に、どんな携帯《けいたい》でも宇宙《うちゅう》―地球間《ちきゅうかん》での交信《こうしん》が可能《かのう》だ。

理屈《りくつ》ではそうわかっていても、平凡《へいぼん》な一中学生《いちちゅうがくせい》がその機能《きのう》を試《ため》してみる機会《きかい》なんていままで一《いち》度《ど》もなかった。なにしろ、宇宙《うちゅう》に住《す》んでるメル友《とも》なんていないから。

でも、いまや三万人《まんにん》を超《こ》す人々《ひとびと》が、恒常的《こうじょうてき》に宇宙《うちゅう》で働《はたら》いているってことは知《し》っている。

とはいっても、月以遠《つきいえん》の宇宙《うちゅう》に人類《じんるい》が進出《しんしゅつ》したのはつい最近《さいきん》のことで、宇宙《うちゅう》で働《はたら》くといっても、そのほとんどはいわゆる宇宙《うちゅう》ステーションと呼《よ》ばれる地球低軌道上《ちきゅうていきどうじょう》にうじゃうじゃと漂《ただよ》う構造物《こうぞうぶつ》と、月面施設《げつめんしせつ》に限《かぎ》られている。

宇宙《うちゅう》の利用目的《りようもくてき》は様々《さまざま》。軍事目的《ぐんじもくてき》、科学研究《かがくけんきゅう》、医療目的《いりょうもくてき》、娯楽観光目的《ごらくかんこうもくてき》、民間《みんかん》の新素材《しんそざい》の研究《けんきゅう》開発《かいはつ》、映画産業《えいがさんぎょう》のロケ地《ち》として、報道機関《ほうどうきかん》の発信拠点《はっしんきょてん》として……。

だけど、最近《さいきん》はもっぱら軍事目的《ぐんじもくてき》が優先《ゆうせん》されているらしい。

タルシアン・ショック以来《いらい》、航路《こうろ》の安全確保《あんぜんかくほ》の意味合《いみあ》いもあって、民間《みんかん》のシャトル便《びん》は総本数《そうほんすう》の規制《きせい》を受《う》けているし、宇宙《うちゅう》および月面《げつめん》の民間施設《みんかんしせつ》は、次々《つぎつぎ》と国連《こくれん》に買《か》い取《と》られ宇宙軍関連《うちゅうぐんかんれん》の施《し》設《せつ》へと衣替《ころもが》えされていった。

その一方《いっぽう》で、タルシス遺跡《いせき》の出土品《しゅつどひん》から得《え》られたタルシアン文明《ぶんめい》の高度《こうど》な科学技術《かがくぎじゅつ》は、宇宙分《うちゅうぶん》野《や》に即座《そくざ》に還元《かんげん》され、めざましい発展《はってん》を遂《と》げていった。だけど、そうやって宇宙技術《うちゅうぎじゅつ》が発展《はってん》すればするほど、ぼくら一般人《いっぱんじん》には宇宙《うちゅう》はより縁遠《えんどお》い存在《そんざい》となっていった。最新《さいしん》テクノロジーはもっぱらNASA《ナサ》と米国宇宙軍《べいこくうちゅうぐん》を機軸《きじく》とする国連宇宙軍《こくれんうちゅうぐん》が独占《どくせん》し、一切公表《いっさいこうひょう》しようとしなかったからだ。

宇宙《うちゅう》に関《かん》する情報《じょうほう》は規制《きせい》を受《う》け、日《ひ》を追《お》って庶民《しょみん》の目《め》から遠《とお》ざけられていった。

そんな希少《きしょう》な宇宙関連情報《うちゅうかんれんじょうほう》の中《なか》で、タルシアン探査隊《たんさたい》に関《かん》するものだけは、例外的《れいがいてき》に数多《かずおお》く発信《はっしん》され、規制《きせい》も比較的《ひかくてき》ゆるやかだった。「我々人類《われわれじんるい》は常《つね》にタルシアンの脅威《きょうい》に曝《さら》されている」のだということを全世界《ぜんせかい》の人々《ひとびと》の脳裏《のうり》に焼《や》きつけるために、意図的《いとてき》なリークがなされていたのかもしれない。

……というわけで、長峰《ながみね》から届《とど》いたメールは、ぼくにとって宇宙《うちゅう》を身近《みぢか》に感《かん》じさせてくれるものだった。

理屈《りくつ》で届《とど》くとわかっていても、月面《げつめん》へ向《む》けてメールを発信《はっしん》するなんて、初《はじ》めてのことだ。ほんとに無事《ぶじ》に届《とど》くのか？　夜中《よなか》メールを発信《はっしん》した直後《ちょくご》、ぼくは外《そと》に飛《と》び出《だ》して夜空《よぞら》を見上《みあ》げた。月齢《げつれい》三日《みっか》くらいのやせ細《ほそ》った月《つき》が、低《ひく》い位置《いち》に頼《たよ》りなげに顔《かお》を覗《のぞ》かせていた。

そのときぼくは、長峰《ながみね》がすごく遠《とお》くへ行《い》ってしまったことを実感《じっかん》した。

——長峰《ながみね》は、あんなところにいるんだ。

しかし、ぼくがもっぱら感《かん》じたのは、ふたりを隔《へだ》てている距離感《きょりかん》のことで、見知《みし》らぬ環境《かんきょう》に放《ほう》り込《こ》まれ、きのうまでとまったく異質《いしつ》な生活《せいかつ》を余儀《よぎ》なくされている長峰《ながみね》が、どういう心境《しんきょう》でいるかについては、ほとんど考《かんが》えがまわらなかった。

それから半年《はんとし》、ぼくらはいい意味《いみ》で励《はげ》まし合《あ》い、メール交換《こうかん》を続《つづ》けた。片《かた》やトレーサー乗《の》り、片《かた》や高校生《こうこうせい》を目指《めざ》し、日々《ひび》の努力《どりょく》を称《たた》えエールを送《おく》り合《あ》った。

だけど、正直《しょうじき》なところ、ぼくは複雑《ふくざつ》な心境《しんきょう》だった。

直接会《ちょくせつあ》えないからとかいった、そういう単純《たんじゅん》な理由《りゆう》じゃない。

ぼくは、長峰《ながみね》の身《み》を案《あん》じる一方《いっぽう》で、長峰《ながみね》をうらやましくも思《おも》い、うとましくも思《おも》った。

長峰《ながみね》のやってることは、大変《たいへん》かもしれないけど、人類《じんるい》に貢献《こうけん》するといった崇高《すうこう》な目的《もくてき》と使命《しめい》に裏打《うらう》ちされた立派《りっぱ》なものだ。それにくらべ、ぼくのやってることといえば、ぼく自身《じしん》の将来《しょうらい》という地味《じみ》で矮小《わいしょう》な目的《もくてき》のためでしかない。しかも、長峰《ながみね》には将来《しょうらい》が約束《やくそく》されているが、ぼくには高《こう》校生《こうせい》になれるという保証《ほしょう》さえない。

いいよなあ、長峰《ながみね》は。なんて、本気《ほんき》でうらやんだりもした。

それに、こっちがひとつでもよけいに英単語《えいたんご》を暗記《あんき》しようって躍起《やっき》になって単語帳《たんごちょう》と格闘《かくとう》してるときに、唐突《とうとつ》に着信音《ちゃくしんおん》が鳴《な》ったりすると、勘弁《かんべん》してくれよって正直《しょうじき》うざったく思《おも》わないでもなかった。

その日《ひ》の訓練《くんれん》メニューと成績《せいせき》。反省点《はんせいてん》。夕食《ゆうしょく》メニューとその味《あじ》につけた評点《ひょうてん》。各教官《かくきょうかん》にまつわるゴシップとあだ名《な》。月面《げつめん》から見《み》える日々《ひび》の地球《ちきゅう》の様子《ようす》と雲《くも》の動《うご》きを読《よ》んでの長峰独自《ながみねどくじ》の天気予《てんきよ》報《ほう》……。しかし、そうした話題《わだい》のどれひとつをとっても、受験生《じゅけんせい》には無縁《むえん》で無益《むえき》なものばかりだ。

そんな状況《じょうきょう》に耐《た》えかねて、年《とし》が明《あ》け入試本番《にゅうしほんばん》まで二ケ月《かげつ》を切《き》ったころ、しばらくメールのやりとりをお休《やす》みしようって自分《じぶん》から提案《ていあん》した。まったく自分勝手《じぶんかって》で心《こころ》の狭《せま》い人間《にんげん》だって、自分《じぶん》で自《じ》分《ぶん》が嫌《いや》になってしまった。

長峰《ながみね》とのメール交換《こうかん》を理由《りゆう》にはしたくなかったけど、受験勉強《じゅけんべんきょう》に集中《しゅうちゅう》できなかったってことはあるかもしれない。直前《ちょくぜん》の追《お》い込《こ》みはたいした成果《せいか》をあげなかった。

どうにかなるさといった投《な》げやりな気分《きぶん》に支配《しはい》されたまま入試当日《にゅうしとうじつ》を迎《むか》え、結果的《けっかてき》にどうにかなって志望校《しぼうこう》に合格《ごうかく》した。


春《はる》が来《き》て、ぼくは晴《は》れて高校生《こうこうせい》になった。

長峰《ながみね》からの激励《げきれい》のメールが効《き》いたのかもしれないと、都合《つごう》よく解釈《かいしゃく》した。

まったく、身勝手《みがって》なやつだ。

まだ、月面《げつめん》での訓練《くんれん》が続《つづ》いているのかどうか、確信《かくしん》はもてなかったけれど、とにかく合格《ごうかく》したことを伝《つた》えておこうとベースキャンプへ向《む》けて短《みじか》いメールを打《う》った。けれどもそのメールは長峰《ながみね》には届《とど》かなかった。長峰《ながみね》はすでに月面《げつめん》キャンプを離《はな》れ、次《つぎ》のキャンプ地《ち》へ向《む》かうリシテアの艦内《かんない》

にいた。ちょっとしたメールの行《い》き違《ちが》いがおこった。
だけど長峰《ながみね》はぼくの合格発表《ごうかくはっぴょう》の日《ひ》を覚《おぼ》えてくれていて、リシテア艦内《かんない》にいることと、ぼくの合《ごう》否《ひ》を尋《たず》ねる短《みじか》いメールを、翌日《よくじつ》送《おく》ってくれた。ぼくはすぐに返信《へんしん》した。
すると長峰《ながみね》からは、二ヶ月《かげつ》の時《とき》の空白《くうはく》を一気《いっき》に埋《う》めようとするかのように、携帯《けいたい》のメモリーに収《おさ》まりきらないくらいに恐《おそ》ろしく長《なが》い返事《へんじ》がきた。
文面《ぶんめん》には日記風《にっきふう》に日付《ひづけ》が打《う》ってあった。毎日《まいにち》書《か》き溜《た》めておいたのだろう。それも、日《ひ》を追《お》って分量《ぶんりょう》が増《ふ》えていた。

入学準備《にゅうがくじゅんび》の合間《あいま》を縫《ぬ》って三日《みっか》がかりで読《よ》み通《とお》し、何度《なんど》か返事《へんじ》を書《か》きかけて、中途半端《ちゅうとはんぱ》なままほったらかしにし、入学式《にゅうがくしき》を迎《むか》えてしまった。書《か》きかけのメールは全部《ぜんぶ》オクラにして、とりあえず無事高校生《ぶじこうこうせい》になれたことだけを伝《つた》える短《みじか》いメールを送《おく》った。「高校生活《こうこうせいかつ》の詳細《しょうさい》は、次回《じかい》のメールで」と書《か》き添《そ》えて。

まったく、誠意《せいい》のないやつだ。

長峰《ながみね》はぼくが合格《ごうかく》を決《き》める以前《いぜん》にいちはやく、月《つき》での基礎訓練《きそくんれん》を無事修了《ぶじしゅうりょう》していた。歩《ある》く、走《はし》る、伏《ふ》せる、起《お》き上《あ》がる、立《た》ち上《あ》がる、蹴《け》る、飛《と》ぶ、旋回《せんかい》する、静止《せいし》する、掴《つか》む、押《お》す、引《ひ》き寄《よ》せる、投《な》げる、突《つ》く、振《ふ》り回《まわ》す、斬《き》る、握《にぎ》り潰《つぶ》す……。トレーサーの基本動作《きほんどうさ》をみっちり仕込《しこ》まれ、優秀《ゆうしゅう》な成績《せいせき》をもっていっぱしのトレーサー乗《の》りとして認《みと》められたようだ。

さすが世界中《せかいじゅう》から選《え》りすぐられただけあって、訓練生《くんれんせい》のほとんどがトレーサーの操作《そうさ》をマスターしたらしい。ただし、落伍者《らくごしゃ》もまったく出《で》なかったわけじゃない。訓練中《くんれんちゅう》の事故《じこ》で負傷《ふしょう》した者《もの》もいたし、成績不振《せいせきふしん》に悩《なや》んで鬱状態《うつじょうたい》になって地球《ちきゅう》へ送還《そうかん》された者《もの》もいたし、厳《きび》しい訓練《くんれん》に耐《た》えきれなくて、キャンプから脱走《だっそう》してしまった者《もの》もいたらしい。

そういう話《はなし》を聞《き》かされると、長峰《ながみね》は適任《てきにん》だったのかもしれないと思《おも》った。長峰《ながみね》の忍耐強《にんたいづよ》さは、中学《ちゅうがく》のときの部活《ぶかつ》で実証済《じっしょうず》みだった。

入学《にゅうがく》に伴《ともな》う様々《さまざま》な手続《てつづ》き、教科書《きょうかしょ》や通学定期《つうがくていき》を購入《こうにゅう》したり、提出書類《ていしゅつしょるい》を記入《きにゅう》したりといった煩《はん》雑《ざつ》な作業《さぎょう》もひと段落《だんらく》し、担任《たんにん》や教科担《きょうかたん》やクラスの面々《めんめん》の名前《なまえ》をぼちぼち覚《おぼ》えたりして、新《あたら》しい環《かん》境《きょう》と生活《せいかつ》スタイルになじみはじめ、ようやく長峰《ながみね》へ長《なが》いメールを打《う》とうかって気持《きも》ちの余裕《よゆう》が生《う》まれた。

そのころには長峰《ながみね》は火星《かせい》への移動《いどう》を終《お》えていて、次《つぎ》の段階《だんかい》の訓練《くんれん》がはじまっていた。長峰《ながみね》から送《おく》られてくる日替《ひが》わりメールで、訓練《くんれん》が本格化《ほんかくか》してきているのがわかった。その訓練《くんれん》内容《ないよう》が戦闘《せんとう》メニューに偏《かたよ》っていることも。

ぼくはうっすらとした危惧《きぐ》を覚《おぼ》えていた。

千人《にん》ものトレーサー乗《の》りを、いったいなんの目的《もくてき》で養成《ようせい》したのか？

トレーサーは本来《ほんらい》、惑星探査用《わくせいたんさよう》の全環境対応型《ぜんかんきょうたいおうがた》の移動体《いどうたい》として開発《かいはつ》されたことになっているが、オプションの装備品《そうびひん》によってはむしろ、戦闘《せんとう》マシンとしての側面《そくめん》のほうが色濃《いろこ》くなってくる。

タルシアンと遭遇《そうぐう》した場合《ばあい》、彼《かれ》らと一戦交《いっせんまじ》える結果《けっか》となるだろうことを想定《そうてい》して、長峰《ながみね》たちは兵士《へいし》として養成《ようせい》されているんだろうか？

そう。考《かんが》えてみれば長峰《ながみね》たち選抜《せんばつ》メンバーは、国連宇宙軍《こくれんうちゅうぐん》に帰属《きぞく》しているのだ。

タルシアン探査隊《たんさたい》は、タルシアンと遭遇《そうぐう》できるんだろうか?

可能性《かのうせい》は、まったくゼロとは言《い》いきれないだろう。

その根拠《こんきょ》は、ショートカット・アンカーの存在《そんざい》と、そのいくつかの所在《しょざい》を国連宇宙軍《こくれんうちゅうぐん》が把握《はあく》していることにある。

現《げん》にタルシアンはショートカット・アンカーを経由《けいゆ》して火星《かせい》にやって来《き》たとされている。

ということは、ショートカット・アンカーを逆《ぎゃく》にたどっていけば、いずれ彼《かれ》らの出発地点《しゅっぱつちてん》へ到《とう》達《たつ》できることになる。

ちなみにショートカット・アンカーとは、宇宙空間《うちゅうくうかん》の二地点《ちてん》を結《むす》ぶワープゲートのこと。その存在《そんざい》は、タルシアン来襲直後《らいしゅうちょくご》、移動《いどう》する特異点《とくいてん》として火星《かせい》の公転軌道近傍《こうてんきどうきんぼう》に発見《はっけん》され、つい最近《さいきん》まで公表《こうひょう》されずにいた。ひとつ見《み》つかれば他《ほか》にもあるだろうということで、タルシアンの技術《ぎじゅつ》を取《と》り込《こ》んだ新型艦船《しんがたかんせん》の完成《かんせい》をさっそく役立《やくだ》てての、太陽系内《たいようけいない》でのショートカット・アンカー探《さが》しが精力的《せいりょくてき》に行《おこな》われた。

たぶん、というかぼくの推測《すいそく》にすぎないんだけど、タルシアン来襲《らいしゅう》から六年《ねん》を経《へ》たいまになって、本格的《ほんかくてき》なタルシアン探査《たんさ》が実施《じっし》される運《はこ》びになったのは、必要《ひつよう》な道具《どうぐ》が出揃《でそろ》ったからというのが大《おお》きな理由《りゆう》だろう。つまり、太陽系宇宙以遠《たいようけいうちゅういえん》にもショートカット・アンカーが見《み》つかり、その先《さき》というか奥《おく》を、さらに探《さぐ》ろうとしているのだ。

……ふぅ。

長峰《ながみね》がいまいる火星《かせい》でさえ遠《とお》いというのに、太陽系《たいようけい》のさらに外《そと》だなんて、気《き》が遠《とお》くなるほどの遠《とお》さ、いやほんとのところ、実感《じっかん》としての距離感《きょりかん》がまったく思《おも》い描《えが》けない。

十隻《せき》の艦船《かんせん》、千人《にん》のクルーからなるタルシアン探査隊《たんさたい》は、本気《ほんき》で遠《とお》い宇宙《うちゅう》へ飛《と》び立《た》とうとしているんだろうか？

だとすると、長峰《ながみね》はいつ地球《ちきゅう》に戻《もど》れるんだろう？

もちろん、距離的《きょりてき》に気《き》が遠《とお》くなるほどの遠隔地《えんかくち》といっても、その距離《きょり》を一気《いっき》に縮《ちぢ》めてくれるのがショートカット・アンカーで、いわば瞬間移動《しゅんかんいどう》するわけだから、時間的《じかんてき》には遠《とお》くはないのかもしれない。ただ、気《き》になるのは噂《うわさ》によれば、ショートカット・アンカーは、いずれも一方通行《いっぽうつうこう》だってことだ。つまり、帰《かえ》りの特急券《とっきゅうけん》は用意《ようい》されていないってこと。

そもそも、ショートカット・アンカーについては、まだまだ未知《みち》の謎《なぞ》が多《おお》い。

それが、人工《じんこう》の特異点《とくいてん》であることはほぼ間違《まちが》いないのだが、単《たん》に宇宙空間《うちゅうくうかん》に穿《うが》たれたトンネルってわけでもないだろうから、なんらかの外部的制御機構《がいぶてきせいぎょきこう》があるはずなんだけど、どうやってそこらの維持管理《いじかんり》がなされているのかがまったく解明《かいめい》されていない。とにかく「理屈《りくつ》はわからないけど、ここに便利《べんり》な近道《ちかみち》があるから試《ため》しに使《つか》ってみよう」ぐらいな感覚《かんかく》でしかないのだ。

もっと恐《おそ》ろしいことをいってしまうと、ショートカット・アンカーがいくつも見《み》つかっているとはいっても、まだ、有人《ゆうじん》の状態《じょうたい》でその抜《ぬ》け道《みち》が試《ため》されたことはないらしいのだ。発見《はっけん》されたショートカット・アンカーには発信機《はっしんき》を積《つ》んだ探査球《たんさきゅう》が投入《とうにゅう》され、無事宇宙《ぶじうちゅう》のどこかに抜《ぬ》け出《で》られれば、ただちに電波《でんぱ》を発信《はっしん》して来《き》てくれる。ただし、それはあくまでも光《ひかり》の速《はや》さで返《かえ》ってくるわけで、投入《とうにゅう》されたっきりどこに着《つ》いたのか、まだ返事《へんじ》をして来《き》ていない探査球《たんさきゅう》も当然《とうぜん》あるわけだ。

だから、出口《でぐち》が明《あき》らかになっているショートカット・アンカー以外《いがい》は、なんの安全性《あんぜんせい》も保証《ほしょう》されていないことになる。もちろん、出口《でぐち》が見《み》つかっているショートカット・アンカーだって、たまたま機械《きかい》が一個無事《こぶじ》に届《とど》いたってだけで、割《わ》れ物《もの》の荷物《にもつ》が安全《あんぜん》に届《とど》くかどうかは、誰《だれ》にも明言《めいげん》できないわけだ。

ということは、ぶっつけ本番《ほんばん》で長峰《ながみね》たちはトンネルに突入《とつにゅう》することになる。

おいおい、そんなんでほんとに大丈夫《だいじょうぶ》なんだろうか？

それに、無事《ぶじ》どこかに着《つ》いたにしても、帰《かえ》りはどうするつもりだろう？

帰《かえ》りは鈍行《どんこう》？　いや、鈍行《どんこう》っていったって、最新艦《さいしんかん》のリシテアだから亜光速《あこうそく》で帰《かえ》ってくるわけなんだけど……。

■
■
■

長峰《ながみね》、元気《げんき》でいる?

城北高校《じょうほくこうこう》にはだいぶ慣《な》れてきたよ。

火星基地《かせいきち》からの最後《さいご》のメールをいま受《う》け取《と》ったところ。

放課後《ほうかご》、教室《きょうしつ》に居残《いのこ》っていた。

出発《しゅっぱつ》までに間《ま》に合《あ》うように、いますぐ返事《へんじ》する。

といっても、こっちはべつだん早急《そうきゅう》に伝《つた》えておかなきゃいけないことはない。

ああ、いま教室《きょうしつ》にひとりで居残《いのこ》っているのは、部活《ぶかつ》どうしようか迷《まよ》ってるから。

今日中《きょうじゅう》に届《とど》け出《だ》さなきゃならない。

剣道続《けんどうつづ》けるつもりでいたんだけど、ちょっと気移《きうつ》りしてる。

飽《あ》きたってわけじゃないけど、他《ほか》の可能性《かのうせい》も試《ため》してみたい。

ちょっと練習覗《れんしゅうのぞ》いてみただけだけど、弓道部《きゅうどうぶ》、おもしろそうかなって。なんだか、一貫性《いっかんせい》がないっていってしかられそうだね。

次《つぎ》は木星《もくせい》のエウロパ基地《きち》だって？

もちろん、木星《もくせい》にも国連宇宙軍《こくれんうちゅうぐん》が進出《しんしゅつ》してるくらいは知《し》ってたけど、エウロパに基地《ち》があるなんてことは、初耳《はつみみ》。

これって、機密事項《きみつじこう》じゃないのか？

検閲《けんえつ》受《う》けて、そのうち伏字《ふせじ》だらけのメールが届《とど》くようになるんじゃないかって、ちょっとヒヤヒヤしてる。（冗談《じょうだん》）無事《ぶじ》、エウロパに到着《とうちゃく》するように祈《いの》ってる。

それじゃ。

めざせ隠密剣士《おんみつけんし》……寺尾昇《てらおのぼる》

■　■　■

ノボルくん。

わたしはいま、エウロパにいるよ。

まだ、はっきり知《し》らされたわけじゃないけど、ここにはそう長《なが》くいないと思《おも》う。地《ち》上訓練《じょうくんれん》はほとんど火星《かせい》キャンプで終《お》わりだったみたいで、エウロパでやるのは、発《はっ》艦《かん》・着艦訓練《ちゃっかんくんれん》が主《おも》になるみたい。

それでね、実《じつ》はもう訓練《くんれん》を兼《か》ねての勤務《きんむ》が始《はじ》まってるんだ。

四時間交替《じかんこうたい》の五班編制《はんへんせい》で、ローテーションが組《く》まれてるの。

トレーサーの射出《しゃしゅつ》カタパルトが、舷側《げんそく》に十対《つい》あるのね。

それで、ちょうど二十人《にん》がトレーサーに乗《の》ったまま、待機《たいき》するわけ。なにごともないとは思《おも》うけど、いちおう訓練《くんれん》を兼《か》ねて抜《ぬ》き打《う》ちに出動命令《しゅつどうめいれい》が下《くだ》るわけ。

いまね、実《じつ》はその勤務中《きんむちゅう》。

いつ発進命令《はっしんめいれい》が下《くだ》るかもしれないから、緊張《きんちょう》してる。

中継基地《ちゅうけいきち》があるのは、ここまで。

でも、基地《きち》といってもステーションが浮《う》かんでるだけで地上《ちじょう》にキャンプ張《は》ってるわけじゃないから、わたしたちが船《ふね》から降《お》りることはないの。

艦船暮《かんせんぐ》らしは、都会《とかい》のオフィスかなにかに閉《と》じ込《こ》められて、二十四時間働《じかんはたら》かされてるみたいで、ちょっと息苦《いきぐる》しさを感《かん》じるけど、それなりに楽《たの》しみも見《み》つけてるよ。

前《まえ》にも話《はな》したけど、友達《ともだち》もできたよ。

あ、ご心配《しんぱい》なく。サトミさんていう二歳年上《さいとしうえ》の女友達《おんなともだち》だから。

って、クルーはほんとに女の子《おんなこ》しかいないんだけど。

でも、わたし最年少《さいねんしょう》だから、味噌《みそ》っかす扱《あつか》いされてるだけかもしれない。

航行中《こうこうちゅう》は行動範囲《こうどうはんい》を限定《げんてい》されてて、ほとんど個室《こしつ》とランチルームの往復《おうふく》。外《そと》を見《み》ることも許《ゆる》されないの。

いまは係留中《けいりゅうちゅう》なので規制《きせい》も解除《かいじょ》されてて、自由時間《じゆうじかん》使《つか》って木星《もくせい》の眺《なが》めを楽《たの》しんでるよ。木星《もくせい》って、間近《まぢか》に見《み》ていて退屈《たいくつ》しないよ。高熱《こうねつ》のガス雲《うん》がダイナミックに渦巻《うずま》いていて、表面《ひょうめん》の縞模様《しまもよう》が刻々《こくこく》と変化《へんか》していくの。きれいだよ。

あ、それからフラックスチューブも見《み》たよ。木星《もくせい》からイオへ向《む》けて落《お》ちる太陽系最《たいようけいさい》大《だい》の雷《かみなり》のこと。すごい迫力《はくりょく》だったよ。

ノボルくん、弓道部《きゅうどうぶ》に入《はい》ったんだって?

弓道部《きゅうどうぶ》って、やっぱり女《おんな》の子《こ》いっぱいいるのかな?

弓道《きゅうどう》って、女《おんな》の子《こ》に人気《にんき》のスポーツだものね。

ミカコもほんとだったら、ノボルくんといっしょに城北高校《じょうほくこうこう》通《かよ》ってたんだよね。

ときどき、ほら、こうやってトレーサーの中《なか》でひとりっきりでいるときとか、「わたし、どこにいるんだろ?」「こんなところでなにやってるんだろ」って思《おも》っちゃう。

単《たん》なるホームシックかな？

次《つぎ》の目的地《もくてきち》は、たぶん冥王星《めいおうせい》。

ノボルくんからどんどん遠《とお》ざかっちゃうね。

それじゃ、次回《じかい》は冥王星《めいおうせい》（？）から。

■　■　■

ホームシックのミカコより

元気《げんき》かい？

たしかに弓道部《きゅうどうぶ》は女子《じょし》の天下《てんか》。

下級生《かきゅうせい》のぼくは借《か》りてきた猫《ねこ》みたいに小《ちい》さくなっている。

もうすぐ、高校《こうこう》に上《あ》がっての最初《さいしょ》の試練《しれん》、中間《ちゅうかん》テストが迫《せま》っている。どの学科《がっか》も中《ちゅう》学《がく》のときにくらべて、格段《かくだん》に内容《ないよう》が難《むずか》しくなってる。一夜漬《いちやづ》けもそうそう役《やく》にはたちそうにない。

周《まわ》りは、のんきにやってるやつもいるけど、入《はい》った早々《そうそう》から目《め》の色《いろ》変《か》えて大学受験《だいがくじゅけん》を視野《しや》に入《い》れてがんばってるやつもいる。ぼくはというと、まだ先《さき》のことはなにも考《かんが》えていない。

長峰《ながみね》、元気《げんき》ないみたいだね。

そんなに難《むずか》しく考《かんが》えるなよ。

冥王星《めいおうせい》の様子《ようす》、また教《おし》えてくれ。

リポート、楽《たの》しみにしてる。

サトミさんによろしく。

将来《しょうらい》は未定《みてい》……寺尾昇《てらおのぼる》

■

■

■

なんだかんだいって、ぼくは高校生活《こうこうせいかつ》を楽《たの》しんでいる。

高校生《こうこうせい》の日常《にちじょう》に埋没《まいぼつ》している。

長峰《ながみね》は遠《とお》い宇宙《うちゅう》のかなたで軍隊生活《ぐんたいせいかつ》を送《おく》っている。

ぼくらって、どういう関係《かんけい》なんだろう？

ぼくらの距離《きょり》はどんどん遠《とお》ざかり、会《あ》えないでいる時間《じかん》が容赦《ようしゃ》なく過《す》ぎ去《さ》っていく。

ある日突然《ひとつぜん》、遠《とお》くへ転校《てんこう》して教室《きょうしつ》からいなくなってしまったクラスメイト。ぼくにとって長峰《ながみね》はそんな存在《そんざい》なんだろうか？　しばらくは文通《ぶんつう》を続《つづ》けるけど、お互《たが》い共通《きょうつう》の話題《わだい》も少《すく》なくなり、やがて手紙《てがみ》のやりとりも間《ま》があくようになり、いつしかどちらからともなく文通《ぶんつう》が途絶《とだ》えてしまう。長峰《ながみね》ともそうなってしまうんだろうか？

だけど、それだけじゃない気《き》がする。

少《すく》なくともいま長峰《ながみね》は、ぼくを必要《ひつよう》としてる。

そしてぼくは……。

2047年《ねん》8月《がつ》 冥《めい》王《おう》星《せい》

■ ■ ■

ノボルくん。
ミカコはいま冥王星《めいおうせい》にいるよ。
太陽系《たいようけい》最果《さいは》ての地《ち》、来《く》るところまで来《き》てしまったって感《かん》じ。
もう、ここで新《あたら》しく覚《おぼ》えることは、ほとんどなにもない。
学《まな》ぶべきことはすべて学《まな》んで、トレーサーの操縦《そうじゅう》に関《かん》してならなんでも来《こ》いって感《かん》じ。
ここでやることはね。アンカー・ポイントの捜索《そうさく》。

前《まえ》に話《はな》したかもしれないけど、帰《かえ》りのショートカット・アンカーって、まだ見《み》つかっていないの。だから、国連宇宙軍関連《こくれんうちゅうぐんかんれん》のスタッフによって、継続的《けいぞくてき》にアンカー・ポイント探《さが》しは行《おこな》われてるんだけど、そのお手伝《てつだ》いってことになる。冥王星《めいおうせい》にはまだ、ベースキャンプないからね。

これも、訓練《くんれん》のひとつといえばいえなくもない。

三班《ばん》の交替勤務《こうたいきんむ》で、日《ひ》に八時間《じかん》リシテアの外《そと》に出《で》て、ポイント探《さが》しをやってるの。

これも発艦訓練《はっかんくんれん》だし、艦《かん》を出《で》てからは自由《じゆう》に移動《いどう》していいことになってる。

トレーサーはもともと探査機《たんさき》だから、各種《かくしゅ》センサーが備《そな》えてあって、こういう仕事《しごと》にうってつけなの。

でも、たぶん見《み》つからないと思《おも》う。

あ、ちょうどいま当番《とうばん》の時間帯《じかんたい》でミカコはトレーサーの中《なか》にいるんだよ。もちろん、さぼってるわけじゃなくて、仕事《しごと》は仕事《しごと》でちゃんとやってるよ。ほんとに働《はたら》いているのは機載《きさい》コンピュータで、ミカコはコンピュータのお守《も》りをやってるだけ。いまのところ異常《いじょう》ナシだよ。

この星《ほし》を含《ふく》めて、この先基地《さききち》はもうないから、支援《しえん》はナシってことになる。いよいよ旅《たび》に出《で》るんだって感《かん》じだよ。

ここを出《で》たら、次《つぎ》の目的地《もくてきち》はまだ秘密《ひみつ》なの。

太陽系内部《たいようけいないぶ》の各衛星周辺《かくえいせいしゅうへん》では、ショートカット・アンカーの捜索《そうさく》と同時《どうじ》にタルシアンの監視《かんし》も行《おこな》ってるの。

だけどまだ、タルシアンの出現《しゅつげん》は確認《かくにん》されていないの。

だからやっぱり、太陽系宇宙《たいようけいうちゅう》を飛《と》び出《だ》すことになるのは間違《まちが》いないと思《おも》うよ。

ほんとはね、エウロパ基地《きち》に寄港《きこう》したとき、若干《じゃっかん》のクルーの入《い》れ替《か》えがあったんだ。

これはまだ噂《うわさ》で聞《き》いただけだけど、艦隊《かんたい》のうち一隻《せき》か二隻《せき》、後方支援部隊《こうほうしえんぶたい》としてこ冥王星《めいおうせい》に残留《ざんりゅう》することになるんじゃないかって。

わたしはいまも旗艦《きかん》リシテア勤務《きんむ》のまんま。

たぶん、居残《いのこ》り組《ぐみ》には入《はい》れなかったってことよね。

ノボルくん、わたしはね。ほんとはタルシアンなんて見《み》つからなければいいと思《おも》ってるの。これ以上《いじょう》どこともしれない遠《とお》い宇宙《うちゅう》へなんか、行《い》きたくない。

なにごともなく除隊《じょたい》の日《ひ》がやって来《き》て早《はや》く地球《ちきゅう》に戻《もど》れたらいいなって思《おも》ってるの。

ノボルくん、その日《ひ》まで待《ま》っててくれるかな?

■　■　■

そこまで打《う》って、ミカコはメールを打《う》つ手《て》をとめた。

――ノボルくん、ほんとに待《ま》っててくれるかな？

手《て》にした携帯《けいたい》の表示画面《ひょうじがめん》を見《み》つめふっと息《いき》を吐《は》くと、ミカコは最後《さいご》の一行《ぎょう》をあっさり削除《さくじょ》してしまった。

――地球《ちきゅう》に帰《かえ》れるのって、何年後《なんねんご》だろ？　エージェントのおじさんはほんの二、三年《ねん》っていってたけど、入隊日《にゅうたいび》だってまるっきり違《ちが》ってたくらいだから、信用《しんよう》できないよね。だけど、ここまで来《き》てしまったら、もう引《ひ》き返《かえ》しようがないよね。脱走《だっそう》したくても、トレーサーじゃ地球《ちきゅう》まで戻《もど》れないもの。でも、仮病使《けびょうつか》ったら居残《いのこ》り組《ぐみ》に入《い》れてもらえるかもしれない。それぐらいしか、手《て》はないよね。

「ミカコ、またさぼってるな！」

ブース内《ない》に響《ひび》き渡《わた》った大声《おおごえ》に、ミカコははっと我《われ》に返《かえ》った。

顔《かお》を上《あ》げると、スクリーンに大映《おおうつ》しのサトミ。

「さぼってなんか、いないよ！」

「どうだかな。ほら、また携帯手《けいたいて》にしてる。ノボルくんにメールしてたんでしょ。あわてて携帯《けいたい》隠《かく》したって、バレバレだって。司令官《しれいかん》にいいつけちゃおうかな……」

「いじわる……」

「冗談《じょうだん》だって……。こんなとこであたしらが必死《ひっし》こいて探《さが》したからって、そう簡単《かんたん》にショートカット・アンカーなんか見《み》つかりっこないって。じっと艦内《かんない》に閉《と》じ込《こ》めとくのもなんだからって、息抜《いきぬ》きさせてくれてるのよ……」

「サトミさん、なにか……？」

メールの続《つづ》きが打《う》ちたくて、ミカコは話《はなし》をさえぎった。

「なにかはないでしょ。もう次《つぎ》の班《はん》と交替《こうたい》の時間《じかん》だよ」

「えっ。ほんとに？」

スクリーン隅《すみ》の時刻表示《じこくひょうじ》に視線《しせん》をやる。

たしかに艦《かん》を出《で》て八時間《じかん》が経過《けいか》しようとしていた。

「ほんとに、しっかりしてよ。早《はや》く戻《もど》ってこないと、着艦《ちゃっかん》ゲート、閉《し》められちゃうよ」

「サトミさんは、どこ？」

「着艦《ちゃっかん》の順番待《じゅんばんま》ち行列《ぎょうれつ》の中《なか》。あんたまだ戻《もど》ってないらしいから、かわいい妹《いもうと》のことが心配《しんぱい》になって、忙《いそが》しいさなか、わざわざ声《こえ》かけてあげたんじゃないの。あんた最近《さいきん》、元気《げんき》ないよ。まあ、冥王星《めいおうせい》くんだりまで来《き》てしまっちゃ、元気《げんき》でいろってほうが無理《むり》だけどね。そりゃ、誰《だれ》だってホームシックにもなるだろうけどさ。とりわけあんたはいちばんの年下《としした》だし、ほってはおけないの
……」

「わたし、そんなに元気《げんき》なさそうに見《み》えますか？」

「見《み》える、見《み》える。食《た》べ盛《ざか》りなのに、冥王星《めいおうせい》へ着《つ》いてこのかた、毎度《まいど》まいど食事残《しょくじのこ》してばっかり

じゃない」

「艦内食《かんないしょく》に飽《あ》きちゃったから……」

「それだけじゃない。前々《まえまえ》から気《き》になってたんだけど、いっていい？」

「なに……？」

「あなたのその格好《かっこう》！」

サトミが指《ゆび》を突《つ》き出《だ》してくる。

「どこか変《へん》……？」

「まあ、ブースに納《おさ》まってしまえばひとりっきり。別《べつ》に誰《だれ》に見《み》られるわけじゃないんだし、オペレートに支障《ししょう》がなければすっぽんぽんでも構《かま》わないとはいわれてるけど、フツウ、その格好《かっこう》はナシなんじゃない？」

「そうかな、わたしは好《す》きで着《き》てるだけ。気《き》にしない、気《き》にしない」

「気《き》になるわよ。なんで制服《せいふく》なわけ？　それも、卒業《そつぎょう》した中学《ちゅうがく》の？」

責《せ》めたてるような口調《くちょう》に、ミカコは目《め》を見開《みひら》いてわが身《み》を振《ふ》り返《かえ》った。半袖《はんそで》の白《しろ》いシャツにエンジ色《いろ》のネクタイ。たしかに中学《ちゅうがく》のときの夏《なつ》の制服姿《せいふくすがた》だ。

「なんでっていわれても……」

「気持《きも》ちを中学校《ちゅうがっこう》に置《お》き忘《わす》れたままだってことじゃないかな？」

「そうかもしれない。でも、支給《しきゅう》された服《ふく》、着《き》る気《き》になれなくて」

ミカコは視線《しせん》を逸《そ》らすようにうつむいてしまった。

「部隊《ぶたい》に組《く》み込《こ》まれるのを、無意識《むいしき》に拒《こば》んでるんだよ」

「わたし、別《べつ》に嫌《きら》いじゃないよ。艦隊《かんたい》での生活《せいかつ》」

「だけど、はたで見《み》てると、あんたが生《い》き生《い》きしてるのは、トレーサー乗《の》って演習《えんしゅう》してるときだけ。中学《ちゅうがく》んときの部活《ぶかつ》のノリでやってるんでしょ？」

「だって、そんなこといわれたって、わかんないよ……」

ミカコが顔《かお》を上《あ》げた。涙目《なみだめ》になっていた。

「あんた……」

サトミがなにかいいかけたそのとき、アラームがブース内《ない》に鳴《な》り響《ひび》いた。

「なんだろ、こっちも鳴《な》ってる。切《き》るよ！」

サトミの姿《すがた》が消《き》え、冥王星《めいおうせい》を背景《はいけい》にした各艦船《かくかんせん》の現在地《げんざいち》を示《しめ》すグラフィック画面《がめん》に切《き》り替《か》わった。

『タルシアン来襲《らいしゅう》、タルシアン来襲《らいしゅう》。トレーサー部隊《ぶたい》は発艦準備《はっかんじゅんび》に就《つ》け！』

――うそっ！

『探索作業中《たんさくさぎょうちゅう》のクルーは、ただちに母艦《ぼかん》に帰還《きかん》せよ！』

――どこから？

――どうしていきなり？

考《かんが》えるのは後回《あとまわ》しだ。ミカコは行動《こうどう》を開始《かいし》した。

「どこ、タルシアンはどこ？」

機載《きさい》コンピュータに質《ただ》す。

配置画面《はいちがめん》に赤《あか》い点《てん》がマークされる。

『リシテア近傍《きんぼう》。リシテアに急迫中《きゅうはくちゅう》』

「わたしはどこ？」

画面《がめん》に青《あお》い点《てん》が灯《とも》る。

近《ちか》い。リシテアよりも、タルシアンに近《ちか》い位置《いち》にいる。

「僚機《りょうき》は？」

緑《みどり》の点《てん》が三つほど、画面《がめん》に散《ち》らばった。

「タルシアンに全速接近《ぜんそくせっきん》！」

そう命《めい》じて画面《がめん》に意識《いしき》を集中《しゅうちゅう》させる。

リシテア及《およ》び僚艦《りょうかん》からは、まだトレーサー隊《たい》の出動《しゅつどう》はない。

僚機《りょうき》のうち二つは帰艦《きかん》の動《うご》きを見《み》せている。ところが、タルシアンとリシテアを結《むす》ぶほぼ線上《せんじょう》に位置《いち》した一機《き》が、反転《はんてん》してタルシアンに接近《せっきん》しはじめたのだ。

「あっ、待《ま》って。どうするつもりなの？　一機《き》で戦《たたか》うつもり？」

ミカコのトレーサーも加速《かそく》を続《つづ》けたまま赤《あか》い点《てん》に迫《せま》ってはいるが、どちらかというと斜《なな》め背後《はいご》から追《お》っている状況《じょうきょう》。

「予想邂逅地点《よそうかいこうちてん》までの時間《じかん》は？」

『五十七秒《びょう》』

「僚機《りょうき》は？」

『二十秒《びょう》』

「拡大《ズーム》して！」

赤《あか》い点《てん》を中心《ちゅうしん》に、視点《してん》が寄《よ》ったかたちとなり、緑《みどり》と青《あお》の点《てん》だけがフレームに収《おさ》まる。

「あっ！　三つもいる！」

ひとつに重《かさ》なって映《うつ》っていた赤《あか》い点《てん》が、三つに分裂《ぶんれつ》していた。

そこへ僚機《りょうき》の緑《みどり》の点《てん》が驀進《ばくしん》していく。

『減速《げんそく》はじめます』

乾《かわ》いた声《こえ》で機載《きさい》コンピュータ。

「待《ま》って、そのまま加速《かそく》。後《あと》はわたしに任《まか》せて」

どっちにしても間《ま》に合《あ》いそうにないのはわかっていた。

だけど、減速《げんそく》させる気《き》にはなれなかった。ミカコは手《て》にしていた携帯《けいたい》を、腕《うで》を伸《の》ばしてブース脇《わき》の小物《こもの》入《い》れにしまった。

両手《りょうて》を両脇《りょうわき》の操作《そうさ》グローブに突《つ》っ込《こ》む。

赤《あか》い三つの点《てん》と緑《みどり》の点《てん》とが、ぐいぐい距離《きょり》を縮《ちぢ》めていく。

——どうなるの？

——誰《だれ》も援護《えんご》に来《き》てくれないの？

『発進《はっしん》！　トレーサー隊《たい》、発進《はっしん》！』

ようやく、艦《かん》の司令《しれい》から発動命令《はつどうめいれい》が下《くだ》った。

「ああ、もう遅《おそ》い！」

画面上《がめんじょう》、赤《あか》い点《てん》と緑《みどり》の点《てん》が、ついにひとつに重《かさ》なる。

ミカコは息《いき》を呑《の》んだ。一瞬《いっしゅん》目《め》を閉《と》じ、画面《がめん》から顔《かお》を背《そむ》ける。

振《ふ》り返《かえ》って目《め》を開《ひら》いたときには、スクリーン上《じょう》、緑《みどり》の点《てん》が消《き》えていた。

――どういうこと？　やられちゃったの？

「減速《げんそく》、全速減速開始《ぜんそくげんそくかいし》！」

叫《さけ》ぶなり、手動操作《しゅどうそうさ》で機《き》に減速《げんそく》をかける。

「あと何秒《なんびょう》？」

コンピュータが、再試算《さいしさん》する。

『十七秒前《びょうまえ》』

ぐっと距離《きょり》が縮《ちぢ》まっている。ミカコは実写画面《じっしゃがめん》に切《き》り替《か》えた。

銀色《ぎんいろ》に輝《かがや》く飛行物体《ひこうぶったい》が三つ。初《はじ》めて目《め》にする姿《すがた》だった。

『……十秒前《びょうまえ》』

ミカコのトレーサーに気《き》づいたらしい。

寄《よ》り添《そ》うように飛《と》んでいたタルシアンは、三方向《ほうこう》に分離《ぶんり》して別軌道《べっきどう》を飛《と》び始《はじ》めた。

――まだ、大丈夫《だいじょうぶ》。バックからの接近《せっきん》だから。

ミカコは、軌道《きどう》を変《か》えずリシテアへ直進《ちょくしん》するタルシアンを標的《ひょうてき》に定《さだ》めた。微調整《びちょうせい》をくわえながら、ぴたりと背後《はいご》につける。

「減速停止《げんそくていし》！」

銀色《ぎんいろ》の飛行物体《ひこうぶったい》にぐいぐいと迫《せま》っていく。

「分析《ぶんせき》！」

トレーサー搭載《とうさい》の各種《かくしゅ》センサーをフル稼働《かどう》させ、タルシアンのデータを収集《しゅうしゅう》していく。

スクリーン上《じょう》に、分析終了《ぶんせきしゅうりょう》したデータから順次表示《じゅんじひょうじ》が並《なら》んでいく。

全長《ぜんちょう》、全幅《ぜんぷく》、推定質量《すいていしつりょう》、表面構成物質《ひょうめんこうせいぶっしつ》、表面温度《ひょうめんおんど》、内部立体構造《ないぶりったいこうぞう》……。

タルシアンについては、タルシス遺跡《いせき》から得《え》られた情報《じょうほう》を除《のぞ》いては、ごくわずかなことしか知《し》られていない。タルシアンの個体形状《こたいけいじょう》や生理機能《せいりきのう》については、遺跡出土《いせきしゅつど》のミイラ化《か》した化石《かせき》からある程度《ていど》のデータは得《え》られている。しかしそれは何万年《なんまんねん》も前《まえ》のもので、生《い》きたタルシアンとの接《せっ》近遭遇《きんそうぐう》は、おそらくこれがはじめてのことなのだ。

——ねえ、たった三機《き》でなにしに来《き》たの？　敵情視察《てきじょうしさつ》の斥候《せっこう》さんなの？

『……二秒《びょう》、一秒《びょう》。距離《きょり》一〇〇〇メートルで固定《こてい》しました』

——仕掛《しか》けてこないの？　ねえ、どうすればいいの？

真正面《ましょうめん》からタルシアンに突撃《とつげき》していった仲間《なかま》の一機《き》は消滅《しょうめつ》してしまった。

タルシアンとの間《あいだ》にどんな接触《せっしょく》があったのか？　一方的《いっぽうてき》に攻撃《こうげき》を受《う》け、あっけなく叩《たた》きのめされてしまったのか？

——待《ま》っていいの？　でも、このままだと、リシテア号《ごう》に突《つ》っ込《こ》んじゃうよ。

アラームがブースに鳴《な》り響《ひび》いた。

『全《ぜん》トレーサーに告《つ》ぐ。タルシアンを包囲《ほうい》、攻撃《こうげき》せよ』

——いいのね、戦《たたか》って。

奥歯《おくば》をぎゅっと噛《か》んで気合《きあい》を入《い》れると、ミカコは闘《たたか》いを開始《かいし》した。

「加速《かそく》！　距離《きょり》五〇〇まで接近《せっきん》して！」

距離表示《きょりひょうじ》の数字《すうじ》を見《み》つめ、七五〇まで詰《つ》めたところで攻撃《こうげき》に打《う》って出《で》た。

「ミサイル、六基《き》、発射《はっしゃ》！」

——当《あ》たれ！

一見《いっけん》ランダムに見《み》える軌跡《きせき》を描《えが》いて、六基《き》がタルシアンを追《お》っていく。

しかしタルシアンは、攻撃《こうげき》を察知《さっち》したのか、横滑《よこすべ》りに回避運動《かいひうんどう》を起《お》こす。

「追《お》って！」

ミカコのトレーサーもぴたりと追尾《ついび》して距離《きょり》を詰《つ》めていく。

「バルカン砲用意《ほうようい》！」

左腕《ひだりうで》から、箱形《はこがた》の砲塔《ほうとう》が迫《せ》り出《だ》す。

タルシアンは、巧《たく》みな回避運動《かいひうんどう》でミサイル二基《き》をかわした。

さらに、接近《せっきん》してきたミサイル二基《き》に赤《あか》い光線《こうせん》を発《はっ》した。

光《ひかり》を浴《あ》びたミサイル二基《き》が、ほぼ同時《どうじ》に爆発《ばくはつ》した。

遅《おく》れて飛《と》び込《こ》んできた残《のこ》り二基《き》が、その爆発《ばくはつ》に巻《ま》き込《こ》まれて誘爆《ゆうばく》する。

一瞬視界《いっしゅんしかい》が真《ま》っ白《しろ》になり、タルシアンを見失《みうしな》う。

「どこ、どこにいるの？」

距離《きょり》は、五〇〇で固定《こてい》されている。

ミカコは全周《ぜんしゅう》スクリーンを見回《みまわ》した。

頭上《ずじょう》にも、足下《そっか》にもいない。

「はっ。真後《まうし》ろ！」

ミカコは制御《せいぎょ》ペダルを蹴《け》った。

トレーサーがトンボを切《き》って半回転《はんかいてん》する。

「見《み》つけた！」

そう叫《さけ》ぶと同時《どうじ》に、操作《そうさ》グローブの中《なか》で発射《はっしゃ》ボタンを押《お》していた。

砲塔《ほうとう》が火《ひ》を噴《ふ》き、砲弾《ほうだん》二十発《ぱつ》が撃《う》ち出《だ》された。

同時《どうじ》にミカコは回避運動《かいひうんどう》をとる。制御《せいぎょ》ペダルを踏《ふ》み込《こ》み、距離《きょり》を保《たも》ったまま弧《こ》を描《えが》くように沈《しず》み込《こ》む。

——当《あ》たって！

演習《えんしゅう》どおりだったら、問題《もんだい》なく仕留《しと》めている。けれどもこれは実戦《じっせん》で、タルシアンの戦闘行動《せんとうこうどう》についてはあまりに未知《みち》の部分《ぶぶん》が大《おお》きい。ミサイルをすべて捌《さば》かれてしまったのもだが、知《し》らない間《あいだ》に背後《はいご》をとられていたのも予想外《よそうがい》だった。

砲弾《ほうだん》を見《み》つめる。タルシアンも回避行動《かいひこうどう》に移《うつ》っている。

——届《とど》いて！

どっちに逃《に》げても当《あ》たるように、二十発《ぱつ》の砲弾《ほうだん》は微妙《びみょう》に着弾点《ちゃくだんてん》をずらしてセットしてある。どれか一発《ぱつ》でも当《あ》たってほしい。

「次弾《じだん》、セット！」

タルシアンが、なにかに躓《つまず》くような微妙《びみょう》な動《うご》きを見《み》せた。

——当《あ》たったの？

路上《ろじょう》の酔《よ》っ払《ぱら》い運転《うんてん》のような蛇行《だこう》が続《つづ》いたかと思《おも》うと、突如《とつじょ》タルシアンは爆発《ばくはつ》した。

銀色《ぎんいろ》に輝《かがや》く甲殻《こうかく》が、いくつもの破片《はへん》となって飛《と》び散《ち》る。

「やった、当《あ》たったのね」

しかしそれで終《お》わりではなかった。

『接近《せっきん》！　接近《せっきん》！』

機載《きさい》コンピュータが、警告《けいこく》を発《はっ》した。

トレーサーめがけてみるみる接近《せっきん》してくる物体《ぶったい》。

喜《よろこ》びに気《き》が緩《ゆる》み、ミカコは次《つぎ》の行動《こうどう》がとれずに、ただただ接近《せっきん》してくる物体《ぶったい》を見《み》つめていた。

自機《じき》を捨《す》てて脱出《だっしゅつ》をはかったのだろうか、ひとまわり小《こ》ぶりのやはり銀色《ぎんいろ》に輝《かがや》く物体《ぶったい》が急接近《きゅうせっきん》してくる。

なぜか、バルカン砲《ほう》を撃《う》ち込《こ》む気《き》になれなかった。

同時《どうじ》に、向《む》こうから攻撃《こうげき》を仕掛《しか》けてくる気《き》もしなかった。

タルシアンは、トレーサーの目前《もくぜん》、腕《うで》を伸《の》ばせば届《とど》きそうなくらい近《ちか》くまで、滑《すべ》るように移動《いどう》してきて、ぴたりと静止《せいし》した。

ミカコはブースの中《なか》で身《み》をこわばらせていた。

怖《こわ》い。だけど、魅入《みい》られたように体《からだ》の自由《じゆう》がきかない。

タルシアンの外見《がいけん》は、亀《かめ》か蟹《かに》か、硬《かた》い甲羅《こうら》に覆《おお》われた生《い》き物《もの》を連想《れんそう》させた。

正対《せいたい》すると、タルシアンに変化《へんか》が兆《きざ》した。外形《がいけい》が変形《へんけい》していく。甲羅《こうら》の隙間《すきま》から触手《しょくしゅ》のようなものが左右《さゆう》に張《は》り出《だ》していく。頭部《とうぶ》と思《おも》われる部位《ぶい》から、首《くび》らしきものがにょきにょき生《は》え出《だ》してくる。

左右《さゆう》に張《は》り出《だ》した触手《しょくしゅ》は、先端《せんたん》が二つに割《わ》れ、それぞれの先《さき》がまた伸《の》びて二つに割《わ》れと、いくつにも枝分《えだわ》かれを繰《く》り返《かえ》し、網《あみ》のようにひろがって、左右《さゆう》からトレーサーを包《つつ》み込《こ》んでいく。

ミカコは恐怖《きょうふ》を感《かん》じた。しかし、いっそう体《からだ》をこわばらせ、次《つぎ》の行動《こうどう》に移《うつ》れないでいる。

触手《しょくしゅ》の網《あみ》に完全《かんぜん》に包《つつ》み込《こ》まれたところで、白《しろ》く伸《の》び出《で》た頭部《とうぶ》の先端《せんたん》がトレーサー内部《ないぶ》にいるミカコに向《む》けられているかのように突《つ》き出《だ》される。

その先端《せんたん》がぱっくりと割《わ》れた。巨大《きょだい》な球形《きゅうけい》のレンズ状《じょう》のもの、ミカコが直感的《ちょっかんてき》に目玉《めだま》だと感《かん》じ取《と》ったものがぐっと迫《せ》り出《だ》してきた。

巨大《きょだい》な一《ひと》つ目《め》は、すべてを見透《みす》かそうとするかのようにミカコを凝視《ぎょうし》する。

——やめて！

心《こころ》の中《なか》まで土足《どそく》で踏《ふ》み込《こ》まれるような不快感《ふかいかん》。

嫌悪感《けんおかん》に全身《ぜんしん》が粟立《あわだ》ってくる。

「いやー！」

グローブを力《ちから》いっぱい握《にぎ》り締《し》め、振《ふ》り動《うご》かしていた。

ビーム・ブレードが抜《ぬ》かれた。バリバリと触手《しょくしゅ》の網《あみ》を斬《き》り破《やぶ》り、そのままの勢《いきお》いで袈裟懸《けさが》けに斬《き》り下《お》ろされる。

硬《かた》いかに見《み》えた甲殻《こうかく》が、果実《かじつ》でも切《き》り裂《さ》くようにいともたやすく切断《せつだん》されていく。タルシアンの体《からだ》は真《ま》っ二《ぷた》つに裂《さ》け、断面《だんめん》から血《ち》のように赤《あか》い液体《えきたい》を噴出《ふんしゅつ》させた。

ミカコは息《いき》を荒《あら》らげ飛《と》びすさった。

タルシアンは破裂《はれつ》し、いくつもの砕片《さいへん》となって闇《やみ》の中《なか》に飛散《ひさん》していった。

「ミカコ、大丈夫《だいじょうぶ》!?」

スクリーンにサトミが映《うつ》し出《だ》される。

「…………」

返事《へんじ》ができない。画面《がめん》を切《き》り替《か》える。トレーサー隊《たい》が接近《せっきん》しつつある。その隊列《たいれつ》の先頭《せんとう》に一機《き》だけ突出《とっしゅつ》しているのがサトミらしい。

「まだ、回収《かいしゅう》される前《まえ》だったから、命令無視《めいれいむし》して駆《か》けつけたんだよ」

サトミの顔《かお》が、強制的《きょうせいてき》に割《わ》り込《こ》んできた。

「ありがとう、でももう終《お》わったよ」

「残《のこ》りの二つは？」

「さあ？　どこかへ消《き》えたよ」

――どこへ？

たしかに軌道《きどう》を分《わ》かってから、残《のこ》りの二体《たい》は姿《すがた》をくらませてしまった。

「無事《ぶじ》でよかったよ。さ、帰《かえ》ろ」

「うん」

まだ表情《ひょうじょう》をこわばらせたままそう返事《へんじ》したとたん、またアラームが鳴《な》った。

『タルシアン群体出現《ぐんたいしゅつげん》。トレーサー隊《たい》、緊急帰艦《きんきゅうきかん》せよ！』

「どういうこと？」

「あたしに聞《き》かないでよ。命令《めいれい》なんだから、さっさと引《ひ》き返《かえ》しましょ」

サトミがスクリーンから消《き》えた。同時《どうじ》に現《あらわ》れた配置《はいち》マップ上《じょう》、緑《みどり》の点列《てんれつ》が反転《はんてん》して母艦《ぼかん》へ引《ひ》き返《かえ》していく。

――艦隊決戦《かんたいけっせん》？

「帰艦《きかん》！」

そう告《つ》げ、ミカコはぐったりとシートにもたれかかった。

『群体《ぐんたい》までの距離《きょり》、一二〇〇〇キロ。個体数《こたいすう》、百以上《いじょう》。続々《ぞくぞく》と増殖中《ぞうしょくちゅう》』

――ショートカット・アンカーから？

――ゲートが開《ひら》いたの？　やっぱり帰《かえ》りのショートカット・アンカーはあるのね。ただし、わたしたちの自由《じゆう》にはならない。わたしたちはただ、誘《さそ》い出《だ》されるだけ。

「もたもたしないでよ、ミカコ。とてもじゃないけどまともに戦《たたか》える数《かず》じゃないよ」

また、サトミがスクリーンに割《わ》り込《こ》む。

「逃《に》げるってこと？」

「さあ、それは艦隊総司令官《かんたいそうしれいかん》が決《き》めること。急《いそ》いでよ」

なにをしようとしているのか、ミカコにはタルシアンの行動《こうどう》がさっぱりわからなかった。

ひとつ思《おも》ったのは、ついさっき倒《たお》したタルシアンの報告《ほうこく》を受《う》けて、群体《ぐんたい》が動《うご》き出《だ》したのだろうということだ。

マップに目《め》をやる。タルシアンの群体《ぐんたい》を示《しめ》す赤《あか》いドットが雲《くも》のようにひろがり、艦隊《かんたい》へ急迫《きゅうはく》している。そして群体《ぐんたい》の後尾《こうび》は空間《くうかん》の一点《いってん》から続々《ぞくぞく》と湧《わ》き出《で》ている。

戦《たたか》いようがない。

『艦隊《かんたい》は、タルシアン群体《ぐんたい》との接触《せっしょく》を回避《かいひ》する。これより、ハイパードライブに入《はい》る。ミッション中《ちゅう》のトレーサーは、全機《ぜんき》、直《ただ》ちに帰艦《きかん》せよ。帰艦《きかん》を急《いそ》げ。ワープアウト・ポイントは、暗号化《あんごうか》して伝《つた》える。各艦《かくかん》、ワープイン・タイムを一分後《ぷんご》に設定《せってい》せよ。では、カウントダウンを開始《かいし》する』

——タルシアンの探索《たんさく》が目的《もくてき》なのに、めぐり会《あ》えたとたんに尻尾《しっぽ》を巻《ま》いてお目当《めあ》てのタルシアンから逃《に》げ出《だ》すわけ？

ミカコは、やっていることの矛盾《むじゅん》を歯痒《はがゆ》く思《おも》った。

——逃《に》げなければ、任務《にんむ》を完了《かんりょう》できるかもしれないのに。

そして、任務《にんむ》を完了《かんりょう》させれば、除隊《じょたい》を許《ゆる》され自由《じゆう》の身《み》になれる。

願《ねが》ってもない展開《てんかい》。だけど、そうはなりそうにない。

とにかく、艦隊命令《かんたいめいれい》に逆《さか》らってもしかたがない。

しんがりに位置《いち》どったミカコは、全速《ぜんそく》でリシテアを目指《めざ》す。

三十秒《びょう》が経過《けいか》し、目前《もくぜん》にリシテアが迫《せま》る。回収《かいしゅう》を待《ま》つトレーサーがもう二、三機《き》待機状態《たいきじょうたい》にある。あの最後尾《さいこうび》につけばいい。十分間《じゅうぶんま》に合《あ》う。

ミカコは機《き》を減速《げんそく》させた。

『警告《けいこく》！　タルシアン接近《せっきん》！』

機載《きさい》コンピュータが告《つ》げた。

——どうして、こんなときに！

すばやく全周《ぜんしゅう》を見回《みまわ》す。

姿《すがた》を消《け》したはずのタルシアンが一体《たい》、背後《はいご》に迫《せま》っていた。

ミカコに迫《せま》ってくるのかと思《おも》ったが、そうではない。回収待《かいしゅうま》ちのトレーサーに狙《ねら》いを定《さだ》めている。

——ダメよ！

回収《かいしゅう》ゲートにでもダメージを与《あた》えられたら、ハイパードライブは不可能《ふかのう》になる。いや、可能《かのう》かもしれないが、ワープアウトとともに負荷《ふか》に耐《た》えられずに致命的《ちめいてき》な破損事故《はそんじこ》を引《ひ》き起《お》こしかねない。

——わたしが食《く》い止《と》めなきゃ。

「追《お》って！」

母艦近傍《ぼかんきんぼう》での弾《たま》の撃《う》ち合《あ》いは、避《さ》けなければならない。

すると、戦《たたか》いの手段《しゅだん》は限《かぎ》られてくる。

ミカコは、タルシアンの前面《ぜんめん》へ回《まわ》り込《こ》んだ。

やはり、これしかない。ビーム・ブレードを抜《ぬ》く。

斬《き》りつけた。かわされる。ミカコを無視《むし》してリシテアに迫《せま》っていく。

——ダメ！　行《い》っちゃ！

ミカコは、脇《わき》をすり抜《ぬ》けたタルシアンの背中《せなか》の甲羅《こうら》にワイヤーを打《う》ち込《こ》んだ。命中《めいちゅう》する。ワイヤーを巻《ま》き戻《もど》す。距離《きょり》を詰《つ》め、背後《はいご》から斬《き》りつけた。

こんどはかわしようがなかった。

タルシアンは二つに裂《さ》け、肉片《にくへん》となって虚空《こくう》に飛《と》び散《ち》った。

「あと何秒《なんびょう》？」

息《いき》つく暇《ひま》もなかった。

リシテアを見《み》る。最後《さいご》の一機《き》が回収《かいしゅう》ゲートに姿《すがた》を消《け》していくところだった。

リシテアを包《つつ》み込《こ》むようにして光《ひかり》の粒《つぶ》が無数《むすう》に発生《はっせい》しはじめていた。ドライブエンジンが稼働《かどう》しはじめている。いっぱいの光《ひかり》の粒《つぶ》で取《と》り囲《かこ》まれたとき、空間《くうかん》が一気《いっき》に歪曲《わいきょく》し、艦《かん》ははるか遠隔《えんかく》地《ち》へ吹《ふ》き飛《と》ばされる。

『残《のこ》り、十二秒《びょう》』

「間《ま》に合《あ》う。急《いそ》がなきゃ。あ、メール」

ミカコは小物入《こものい》れに手《て》を伸《の》ばす。

「いま発信《はっしん》しとかないと……」

ハイパードライブで一ないし一・五光年先《こうねんさき》の地点《ちてん》に飛《と》ばされるということは、そこから発信《はっしん》したメールが地球《ちきゅう》に届《とど》くのは、一年《ねん》以上先《いじょうさき》のことになってしまう。

しかし、小物入《こもの い》れの中《なか》は空《から》だった。ぐるりと周囲《しゅうい》を見回《みまわ》し、頭《あたま》の上《うえ》の空間《くうかん》に携帯《けいたい》が浮《う》いているのを見《み》つけた。手《て》を伸《の》ばすが届《とど》かない。
――ノボルくん……。
一年後《ねんご》まで待《ま》っていてくれるだろうか？
光《ひかり》の粒《つぶ》に包《つつ》み込《こ》まれるリシテアに、ミカコのトレーサーは回収《かいしゅう》されていった。

２０４８年《ねん》９月《がつ》　階段上《かいだんうえ》

この夏《なつ》をどう過《す》ごせばいいのか、正直《しょうじき》いって迷《まよ》っていた。

選択肢《せんたくし》はいくつもあるようで、実際《じっさい》どれも決《き》め手《て》に欠《か》けていた。

そうでなくてもこの時期《じき》、いやでも将来《しょうらい》について考《かんが》えざるをえなくなる。

親《おや》も教師《きょうし》も級友《きゅうゆう》も、「おまえはなにになりたいんだ、なにをやりたいんだ」ってこぞって問《と》い詰《つ》めてくる。明確《めいかく》な答《こた》えなんてあるはずもない。だいいち、自分《じぶん》でどうしていいんだかさっぱりわからないいんだから……。

ただでさえどうしていいんだか頭《あたま》の中《なか》の整理《せいり》がつかずにいるところに、ぼくの場合《ばあい》さらに、秩《ちつ》序《じょ》をかき乱《みだ》すやっかいな要因《よういん》を、ひとつ人《ひと》より余計《よけい》に抱《かか》えていた。

それが長峰美加子《ながみねみかこ》だった。

なんだ、彼女《かのじょ》に影響《えいきょう》されて自分《じぶん》の進路《しんろ》ひとつ決《き》められないのかって、軟弱者《なんじゃくもの》のそしりをまぬがれないかもしれないが、二重《にじゅう》の意味《いみ》でそれは違《ちが》っている。

まず、長峰《ながみね》はぼくの彼女《かのじょ》ってわけじゃないし、もひとつ、長峰《ながみね》がぼくにどうしろこうしろっていったことは一度《いちど》もない。

長峰《ながみね》はわりと仲《なか》のよかった中学《ちゅうがく》のクラスメイトのひとりだった。

それが、国連宇宙軍《こくれんうちゅうぐん》の選抜《せんばつ》メンバーに選《えら》ばれたとかで、中三《ちゅう》の夏《なつ》、忽然《こつぜん》とぼくの前《まえ》から姿《すがた》を消《け》してしまった。トレーサー乗《の》りになってタルシアン探索《たんさく》の旅《たび》に出《で》るんだという。中三《ちゅう》の女《おんな》の子《こ》がだ。なんだかばかみたいな話《はなし》で、どう受《う》け止《と》めていいのか、猫《ねこ》が仔犬《こいぬ》を産《う》んだってほうが、まだぼくにとってリアリティのある話《はなし》だった。

そんなばかみたいな話《はなし》に唯一《ゆいいつ》リアリティを持《も》たせてくれたのが、長峰《ながみね》との間《あいだ》で交《か》わした何通何《なんつうなん》十通《つう》ものメールだった。ぼくらは恋人《こいびと》でもないという意味《いみ》で、特別《とくべつ》な関係《かんけい》ではなかったけれど、恋人《こいびと》でもないのにいろんなことを語《かた》り合《あ》ったという意味《いみ》で、特別《とくべつ》な関係《かんけい》だったといってもいい。

ぼくは平凡《へいぼん》な高校生《こうこうせい》だったが、勉強《べんきょう》してても、飯食《めしく》ってても、ゲームしてても、通学《つうがく》バスに揺《ゆ》られてても、級友《きゅうゆう》とバカ言《い》い合《あ》ってても、ぼーっと教室《きょうしつ》の窓《まど》から校庭《こうてい》を眺《なが》め下《お》ろしてても、常《つね》に心《こころ》の片隅《かたすみ》に宇宙《うちゅう》とタルシアンと長峰美加子《ながみねみかこ》を抱《かか》えていた。

それが負担《ふたん》に思《おも》えたことも、もちろんあった。

関係《かんけい》ないって、長峰《ながみね》のことを無視《むし》しようとしたことも何度《なんど》もあった。

だけど、宇宙《うちゅう》から届《とど》くメールには抗《あらが》えなかった。

はるか時間《じかん》と空間《くうかん》を超《こ》えて届《とど》くメール。

まったく違《ちが》った環境《かんきょう》にいて、まったく違《ちが》った目的《もくてき》をもって生《い》きているふたり。

長峰《ながみね》の旅《たび》が続《つづ》き、距離《きょり》も時間《じかん》もより大《おお》きく隔《へだ》たっていくというのに、不思議《ふしぎ》なことに長峰《ながみね》へ寄《よ》せる思《おも》いはより強《つよ》くなっていった。

その思《おも》いというのは、単純《たんじゅん》に好《す》きとかそういうんじゃなくて、相手《あいて》を気遣《きづか》う気持《きも》ちだったのかもしれない。それがはっきりしたのは、長峰《ながみね》からのメールが途絶《とだ》えてからだった。

長峰《ながみね》からの最後《さいご》のメールは、冥王星《めいおうせい》から届《とど》いた。

冥王星到着《めいおうせいとうちゃく》のみを告《つ》げる、長峰《ながみね》にしてはごく短《みじか》いメールだった。

三日《みっか》とあけずに届《とど》いていたメールが、その後《ご》ぷっつり途絶《とだ》えてしまった。

なにがあったのかと、さすがに不安《ふあん》になった。最悪《さいあく》の事態《じたい》も脳裏《のうり》を過《よぎ》った。

その不安《ふあん》は半分当《はんぶんあ》たっていた。

艦隊《かんたい》がタルシアンと遭遇《そうぐう》したこと。そして、小規模《しょうきぼ》の戦闘《せんとう》が繰《く》り広《ひろ》げられ、艦隊《かんたい》はハイパードライブによる一・一光年《こうねん》の回避行動《かいひこうどう》をとったことが、不確《ふたし》かなニュースとして公表《こうひょう》されたのは、事《こと》が起《お》きて四日《よっか》も五日《いつか》もたってからのことだった。

当初《とうしょ》、小規模《しょうきぼ》戦闘《せんとう》についても、味方《みかた》に死傷者《ししょうしゃ》は出《で》たのか、詳細《しょうさい》が明《あ》かされるのにさらに三日《みっか》を要《よう》した。

死者《ししゃ》一名《めい》が出《で》たという。

無数《むすう》のタルシアンが出現《しゅつげん》したこと。タルシアンと戦闘行為《せんとうこうい》に及《およ》んだこと。その戦闘《せんとう》による死者《ししゃ》が出《で》たこと。そのいずれもがショッキングだった。

長峰《ながみね》の参加《さんか》しているプロジェクトが、危険《きけん》をはらんだミッションを実行《じっこう》しているんだということを、このときはじめて思《おも》い知《し》らされ、愕然《がくぜん》とした。

長峰《ながみね》は日々《ひび》命《いのち》の危険《きけん》と向《む》かい合《あ》って生《い》きている！

いやそれどころか、その死者《ししゃ》というのが……。

長峰《ながみね》がその犠牲者本人《ぎせいしゃほんにん》かもしれないと考《かんが》えると、居《い》ても立《た》ってもいられなかった。

とりわけ、長峰《ながみね》からのメールが途絶《とだ》えたままだったことが、不安《ふあん》をいっそうかきたてた。

いずれにしても、長峰《ながみね》が無事《ぶじ》かどうかを確認《かくにん》できるまで、一年以上《ねんいじょう》待《ま》たなければならない。こんなのって、ありだろうか？　結果《けっか》はすでに出《で》ているのに、その結果《けっか》を知《し》るのに一年間《ねんかん》を無為《むい》に待《ま》たなければならないなんて。

長峰《ながみね》が死《し》んでしまったなんて、思《おも》いたくもなかった。

きっと、生《い》きてるって信《しん》じたかった。

だって、あんまりじゃないか。あいつが、なにか悪《わる》いことでもしたっていうんだろうか。それともただ、あいつは単《たん》にすごく運《うん》が悪《わる》かっただけで、もし人並《ひとな》みの運《うん》にめぐまれていたら、ぼくといっしょの城北高校《じょうほくこうこう》に進《すす》んで、ごく普通《ふつう》のたわいない高校生活《こうこうせいかつ》を送《おく》っていたのだろうか？

長峰《ながみね》からのメールが届《とど》かない一年間《ねんかん》。

長峰《ながみね》の生死《せいし》が不明《ふめい》なままの一年間《ねんかん》。

その一年間《ねんかん》を平常心《へいじょうしん》を保《たも》ったままでいられるかどうか、ぼくには自信《じしん》がなかった。

長峰《ながみね》が死《し》んでしまったって決《き》まったわけじゃないのに、心《こころ》にぽっかりと穴《あな》があいてしまったような空虚感《くうきょかん》をぼくは感《かん》じた。しばらくは、なんにもやる気《き》が起《お》きなかった。

長峰《ながみね》のことばかりを考《かんが》えて待《ま》ち続《つづ》けるのは辛《つら》すぎると思《おも》った。

薄情《はくじょう》なやつって思《おも》うかもしれないけど、長峰《ながみね》のことはできるだけ考《かんが》えないようにすることに決《き》めた。だって、どうしようもない。宇宙《うちゅう》の広大《こうだい》さや時間《じかん》の隔《へだ》たりに対抗《たいこう》する手段《しゅだん》が、いまのぼくにはなにもない。

そうやってぼくが平静《へいせい》を保《たも》とうとしていたのとは逆《ぎゃく》に、タルシアン出現《しゅつげん》の一報《いっぽう》以来《いらい》、世間《せけん》は騒々《そうぞう》しさを増《ま》していた。音沙汰《おとさた》なしだったタルシアンが、冥王星《めいおうせい》に大挙出現《たいきょしゅつげん》したのだ。ありがちなサイエンス・フィクションみたいに、そのまま地球《ちきゅう》を侵略《しんりゃく》しにやって来《く》るんじゃないかって、そりゃもう全世界的大騒動《ぜんせかいてきおおそうどう》だった。

しかし実際《じっさい》は、リシテア艦隊《かんたい》が消《き》えてしまったことでタルシアンの群体《ぐんたい》もあっさりとどこかへ行方《ゆくえ》をくらましてしまい、世界的混乱《せかいてきこんらん》はいったん鎮静化《ちんせいか》した。しかし、落《お》ちつきを取《と》り戻《もど》した後《のち》には、さまざまな声《こえ》が噴出《ふんしゅつ》してきた。もちろん、一番大《いちばんおお》きな声《こえ》は、「地球的規模《ちきゅうてききぼ》の防衛網《ぼうえいもう》を緊急《きんきゅう》強化《きょうか》せよ！」というものだった。

またぞろ多額《たがく》の国家予算《こっかよさん》が、国連宇宙軍関連《こくれんうちゅうぐんかんれん》に投入《とうにゅう》されることになるんだろうって思《おも》うと、ため息《いき》がもれそうになった。

またまた時代《じだい》は逆行《ぎゃっこう》していくんだろうか？「贅沢《ぜいたく》は敵《てき》だ！」なんてスローガンのもとに、質《しっ》素《そ》な暮《く》らしを強要《きょうよう》される世《よ》の中《なか》がやってくるんじゃないかって。いまでもぼくらは十分質素《じゅうぶんしっそ》な暮《く》らしをしてるつもりなのに。

また一方《いっぽう》で、ごく少数《しょうすう》ではあるが、国連宇宙軍及《こくれんうちゅうぐんおよ》びその下部組織航宙自衛隊《かぶそしきこうちゅうじえいたい》の閉鎖性《へいさせい》に「情報《じょうほう》公開《こうかい》せよ！」と批判《ひはん》の声《こえ》をあげる者《もの》も現《あらわ》れた。きっかけは、タルシアンとの接触《せっしょく》で犠牲者《ぎせいしゃ》が出《で》たことだった。犠牲者《ぎせいしゃ》の名《な》が公表《こうひょう》されなかったことで、選抜《せんばつ》メンバーの親兄弟《おやきょうだい》たちが互《たが》いに連絡《れんらく》をとりあって、いままで公表《こうひょう》されなかった乗員《じょういん》リストが、ほぼ完全《かんぜん》な形《かたち》でできあがってしまった。マスコミを通《つう》じて発表《はっぴょう》されたその内容《ないよう》は、ちょっとした波紋《はもん》を国内《こくない》に呼《よ》ぶことになった。日本《にほん》からの選抜《せんばつ》メンバー二百十八名《めい》すべてが女性《じょせい》であったこと。また、その平均年齢《へいきんねんれい》は十八・六歳《さい》と、未成年者《みせいねんしゃ》で占《し》められていたこと。

長峰《ながみね》のメールからも、クルーの構成《こうせい》は知《し》っていて、もちろん長峰《ながみね》も含《ふく》めてどうして？　ってぼく自身疑問《じしんぎもん》に思《おも》ってはいたが、こうしてメディアを通《つう》じて実態《じったい》を明《あき》らかにされると、この異様《いよう》な人選《じんせん》にいったいどういう意味《いみ》と必然《ひつぜん》が込《こ》められているのか、あらためて知《し》りたくなってしまった。

国会《こっかい》でも当然《とうぜん》のように議論《ぎろん》を呼《よ》び、野党《やとう》の追及《ついきゅう》に対《たい》し、防衛大臣《ぼうえいだいじん》が苦《くる》し紛《まぎ》れとも思《おも》える答弁《とうべん》をした。曰《いわ》く、「トレーサー設計《せっけい》の段階《だんかい》で、搭載《とうさい》オプションをグレードアップさせたために、居住《きょじゅう》スペースを削《けず》らざるをえなくなった。その結果《けっか》、主《おも》に身長《しんちょう》というファクターから、若年者《じゃくねんしゃ》しかも女性《じょせい》に適性《てきせい》を求《もと》める結果《けっか》になった。また、近年《きんねん》の宇宙勤労者《うちゅうきんろうしゃ》から得《え》られた多大《ただい》なデータからも、閉鎖的宇宙環境下《へいさてきうちゅうかんきょうか》におけるストレス耐久性《たいきゅうせい》において、男性《だんせい》に対《たい》する女性《じょせい》の優位性《ゆういせい》はすでに実証済《じっしょうず》みの事実《じじつ》であり、その意味《いみ》からも女性《じょせい》であることを選考基準《せんこうきじゅん》の最優先項目《さいゆうせんこうもく》とした」と。なんか、うそ臭《くさ》い感《かん》じがした。

いったんは盛《も》り上《あ》がった議論《ぎろん》だったが、クルーの人選問題《じんせんもんだい》は沸《わ》き起《お》こる防衛論議《ぼうえいろんぎ》の大音声《だいおんじょう》にかき消《け》されてしまった。

ぼくがほんとの意味《いみ》で平静《へいせい》を取《と》り戻《もど》したのは、二年《ねん》に進級《しんきゅう》してからだった。長峰《ながみね》のことを完全《かんぜん》に忘《わす》れ去《さ》ったってわけじゃないけど、無意識《むいしき》の底《そこ》では長峰《ながみね》のことを気《き》にかけていたはずだけど、メールが届《とど》かないことには慣《な》れっこになってきていた。

その後《ご》タルシアンに関《かん》しては、再度姿《さいどすがた》を現《あらわ》すこともなかったために、一時《いちじ》の防衛意識《ぼうえいいしき》の盛《も》り上《あ》がりも鎮静化《ちんせいか》し、世間《せけん》も平穏《へいおん》を取《と》り戻《もど》しつつあった。

平穏《へいおん》である意味《いみ》退屈《たいくつ》なぼくの高校生活《こうこうせいかつ》に、ひとつのハプニングが待《ま》ち受《う》けていた。

それは六月《がつ》のある日《ひ》の放課後《ほうかご》。クラブを終《お》えて帰《かえ》ろうと、なんの気《き》なしに開《あ》けた下駄箱《げたばこ》の中《なか》に、それはこっそりと仕掛《しか》けられていた。少女《しょうじょ》マンガかなんかでよく見《み》るシチュエーション。まさか自分《じぶん》がそのハッピーな当事者《とうじしゃ》に抜擢《ばってき》されるなんて、思《おも》ってもみなかった。宛名《あてな》も差出人《さしだしにん》も記入《きにゅう》されていない、白《しろ》い小《ちい》さな封筒《ふうとう》。一瞬《いっしゅん》とまどったけど、中身《なかみ》の見当《けんとう》はすぐについた。たぶん、果《は》たし状《じょう》なんて物騒《ぶっそう》なものじゃないことはたしかだ。

ぼくは封筒《ふうとう》を取《と》り出《だ》すと姑息《こそく》にも、左右《さゆう》を振《ふ》り返《かえ》り誰《だれ》にも見《み》られていないことを確認《かくにん》して、そそくさとバッグにしまいこんだ。

我《わ》が家《や》に帰《かえ》り着《つ》き部屋《へや》に飛《と》び込《こ》むと、ドアに鍵《かぎ》してすぐさま封筒《ふうとう》を取《と》り出《だ》した。勉強机《べんきょうづくえ》にきちんと置《お》いて二、三歩《ぼ》さがり、いかに対処《たいしょ》すべきかと遠目《とおめ》に睨《にら》みつけてはみたが、余裕《よゆう》のポーズをとっていられたのはほんの三秒程度《びょうていど》のことでしかなかった。

なんだかんだいっても、十七歳《さい》の若造《わかぞう》にとってこういう素朴《そぼく》でピュアなアイテムは、てきめんな効果《こうか》を発揮《はっき》する。馬《うま》にニンジン。猫《ねこ》にマタタビ。ぼくも例外《れいがい》ではなかった。

あわてつつ慎重《しんちょう》に、鋏《はさみ》を使《つか》って開封《かいふう》し、中身《なかみ》を取《と》り出《だ》した。

質素《しっそ》な封筒《ふうとう》とはうらはらに、出《で》てきた便箋《びんせん》は薄《うす》いピンク色《いろ》をしていた。

それだけで若造《わかぞう》は舞《ま》い上《あ》がってしまって、日本語解析力《にほんごかいせきりょく》がいっきにダウンした。手紙《てがみ》の文字列《もじれつ》のいわんとするところを把握《はあく》するのに、ひどく時間《じかん》がかかってしまった。

差出人《さしだしにん》の女《おんな》の子《こ》は、高鳥瑤子《たかとりようこ》という、まったく知《し》らない名前《なまえ》の子《こ》だった。

一年《ねん》A組《ぐみ》。下級生《かきゅうせい》らしい。

好《す》きだとか、ストレートな言葉《ことば》はなにも書《か》いてなかった。

「明日《あした》の放課後《ほうかご》、ちょっとだけ時間《じかん》をください。ビオトープ脇《わき》のベンチでヘッセの詩集《ししゅう》を膝《ひざ》に置《お》いている髪《かみ》の長《なが》い子《こ》がわたしです。」

翌日《よくじつ》、若造《わかぞう》は放課後《ほうかご》が待《ま》ち遠《どお》しかった。同《おな》じ弓道部《きゅうどうぶ》の下級生《かきゅうせい》から情報収集《じょうほうしゅうしゅう》しておきたい気《き》もしたが、後《あと》でからかわれるのが目《め》に見《み》えていたのでぐっと我慢《がまん》して時間《じかん》を待《ま》った。

件《くだん》のヘッセの詩集《ししゅう》だかに視線《しせん》を落《お》としている髪《かみ》の長《なが》い女《おんな》の子《こ》は、はたして指定《してい》の観察池脇《かんさついけわき》の木製《もくせい》ベンチに待《ま》ち構《かま》えていた。近寄《ちかよ》って、どう声《こえ》をかけたものか逡巡《しゅんじゅん》していると、気配《けはい》を感《かん》じてか彼女《かのじょ》は顔《かお》を上《あ》げた。期待《きたい》しないつもりでいたのに、その期待以上《きたいいじょう》の容姿《ようし》に、若造《わかぞう》は先制《せんせい》パンチを浴《あ》びて言葉《ことば》を失《うしな》ってしまった。

「来《き》てくれないのかって、心配《しんぱい》してました。ほんとうは百メートル先《さき》から先輩《せんぱい》が近《ちか》づいてくるの気《き》づいていたんです。……はじめまして、高鳥瑤子《とりようこ》です」

のっけから、彼女《かのじょ》のペースにはまってしまっていた。

彼女《かのじょ》は好《す》きだともつきあってくれともいわなかった。だけど、「練習《れんしゅう》の邪魔《じゃま》しちゃいけないから」と追《お》い返《かえ》されるようにしてその場《ば》を離《はな》れたときには、しっかり次《つぎ》に会《あ》う約束《やくそく》を交《か》わしたことになっていて、おまけに借《か》りたいなんていった覚《おぼ》えもないのに文庫本《ぶんこぼん》のヘッセの詩集《ししゅう》まで握《にぎ》らされていた。

まんまと彼女《かのじょ》の罠《わな》にはまって、若造《わかぞう》と高鳥瑤子《たかとりようこ》との交際《こうさい》がスタートした。絵《え》に描《か》いたような健全《けんぜん》な男女交際《だんじょこうさい》。

もっぱら彼女《かのじょ》のエスコートで、彼女《かのじょ》のお気《き》に入《い》りの場所《ばしょ》で、ぼくらはデートを重《かさ》ねた。

もちろん、クラブの練習《れんしゅう》もあって、ぼくが自由《じゆう》になる時間《じかん》は限《かぎ》られていた。彼女《かのじょ》はまるで私設《しせつ》秘書《ひしょ》みたいに毎度《まいど》まいどかいがいしく立《た》ち働《はたら》いて、ぼくの空《あ》き時間《じかん》を最大限有効活用《さいだいげんゆうこうかつよう》できるデートプランを立《た》ててくれていた。

通学定期《つうがくていき》が使《つか》えるエリアにある、市立美術館《しりつびじゅつかん》だとか、図書館《としょかん》だとか、コンサートホールだとか。彼女《かのじょ》がみつくろってくれるデートスポットは健康的《けんこうてき》でリーズナブルな場所《ばしょ》ばかりだった。そういった公的《こうてき》な場所《ばしょ》は、いままでのぼくにはほとんど無縁《むえん》で、正直《しょうじき》いってどれも興味《きょうみ》のわかない退屈《たいくつ》な場所《ばしょ》だった。だけどぼくはすっかり彼女《かのじょ》のペースにはまってしまっていて、その退屈《たいくつ》さも楽《たの》しんではいた。

ぼくは、無意識《むいしき》のうちに長峰《ながみね》と高鳥《たかとり》を比較《ひかく》していた。

年齢《ねんれい》のうえでは長峰《ながみね》のほうが一歳年上《さいとしうえ》なはずなのに、高鳥《たかとり》のほうがずっと年上《としうえ》に感《かん》じられた。

無理《むり》もないと思《おも》った。ぼくのイメージのなかの長峰《ながみね》は、ずっと中学《ちゅうがく》三年生《ねんせい》のまま、時《とき》の流《なが》れから置《お》き去《ざ》りにされたみたいに成長《せいちょう》が止《と》まっていた。

高鳥瑤子《たかとりようこ》は、清楚《せいそ》な感《かん》じだけれど、しゃべりかたとかちょっとした仕草《しぐさ》だとかが、おとなの女《じょ》性《せい》を感《かん》じさせた。頭《あたま》はよかったし、長身《ちょうしん》で容姿《ようし》も悪《わる》くない。いや悪《わる》くないどころか、はっきりと美少女《びしょうじょ》と言《い》い切《き》ってまちがいなかった。どうしてこんな子《こ》がぼくなんかに目《め》をつけたのか不思議《ふしぎ》でならなかった。

彼女《かのじょ》がいうには、弓道部在籍《きゅうどうぶざいせき》の二年男子寺尾昇《ねんだんしてらおのぼる》は、女子《じょし》の仲間内《なかまうち》ではけっこう人気《にんき》なんだという。ただし、冷淡《れいたん》でチャラチャラしたことが嫌《きら》いで、女友達《おんなともだち》はもとより男友達《おとこともだち》とも話《はなし》をしたがらない難物《なんぶつ》キャラで通《とお》っていたようで、アタックをかけようなんてそうとう勇気《ゆうき》のいることで、ひとことでいえば近寄《ちかよ》りがたい存在《そんざい》として捉《とら》えられていたのだと。

とんだ誤解《ごかい》だ。

ただ、長峰《ながみね》のことがあって、どこか人付《ひとづ》き合《あ》いが悪《わる》くなっていたのはたしかで、はたからは気《き》難《むずか》し屋《や》みたいに思《おも》われていたのは自分《じぶん》でもわかっていた。

高鳥《たかとり》は、そんな気難《きむずか》し屋《や》なところに逆《ぎゃく》に興味《きょうみ》をもってぼくに接近《せっきん》してきたらしい。

高鳥《たかとり》は、ぼくの心《こころ》の空白《くうはく》を埋《う》めてくれた。

ぼくの頑《かたく》なになっていた心《こころ》を溶《と》かしてくれた。

高鳥《たかとり》のことを好《す》きになったかどうか、それは自分《じぶん》でもよくわからなかった。

だけど、ごく普通《ふつう》の青春《せいしゅん》ってやつを高鳥《たかとり》がぼくに与《あた》えてくれたことはたしかで、すごく感謝《かんしゃ》している。

けれどもぼくは、こんなハッピーな青春《せいしゅん》過《す》ごしてていいんだろうかって、後《うし》ろめたさも感《かん》じていた。やはり、心《こころ》の片隅《かたすみ》の小箱《こばこ》に仕舞《しま》い込《こ》んで鍵《かぎ》をかけたつもりでいた長峰《ながみね》のことが、無視《むし》できないでいたのだ。

長峰《ながみね》の存在《そんざい》が、高鳥《たかとり》に傾《かたむ》きかけるぼくの心《こころ》に常《つね》にブレーキをかけていた。

ほっておけば高鳥《たかとり》のペースに巻《ま》き込《こ》まれ、ふたりの交際《こうさい》が進展《しんてん》していくのを、いつももうひとりの冷《さ》めた自分《じぶん》が引《ひ》き止《と》めていた。

「寺尾先輩《てらおせんぱい》、誰《だれ》も入《はい》り込《こ》めない壁《かべ》を作《つく》ってる。でも、いつかわたしが、きっとその壁《かべ》を取《と》り払《はら》ってあげる」

思《おも》いつめたような目《め》をして、高鳥《たかとり》がそういったのを覚《おぼ》えている。北風《きたかぜ》と太陽《たいよう》の寓話《ぐうわ》じゃないけど、そうやって高鳥《たかとり》に宣言《せんげん》され、太陽《たいよう》のように温《あたた》かな愛情《あいじょう》を注《そそ》がれたというのにぼくは、寓話《ぐうわ》の結末《けつまつ》に逆《さか》らって、ますますコートの襟《えり》を立《た》てる偏屈者《へんくつもの》の旅人《たびびと》と化《か》してしまった。まったく、やせ我慢《がまん》もいいとこだ。

長峰《ながみね》の生死《せいし》がはっきりする日《ひ》が近《ちか》づいていた。

ぼくは、ぼくだけが向《む》き合《あ》わなければならない、もうひとつの現実《げんじつ》に呼《よ》び戻《もど》されようとしていた。

その日《ひ》ぼくは、決意《けつい》をかためていた。

長峰《ながみね》の結果《けっか》を待《ま》って高鳥《たかとり》を受《う》け入《い》れるかどうかを決《き》めるなんて都合《つごう》のいいことは、やっぱりぼくにはできなかった。どうしてって聞《き》かれても、うまく答《こた》えることはできない。

高鳥《たかとり》にはそんなぼくの決意《けつい》を見透《みす》かされていたようで、クラブの練習《れんしゅう》をサボっていっしょに帰《かえ》ろうって誘《さそ》ったとき、いつものように嬉《うれ》しそうに頷《うなず》いたあとに少《すこ》し淋《さび》しそうな表情《ひょうじょう》を見《み》せた。通学電車《つうがくでんしゃ》を降《お》りて駅舎《えきしゃ》を出《で》たとたんに、九月《がつ》の冷《つめ》たい雨《あめ》が降《ふ》ってきた。ぼくは折《お》りたたみの傘《かさ》を取《と》り出《だ》し、ふたりで差《さ》した。

高鳥《たかとり》は無言《むごん》でぼくにもたれかかってきた。衣替《ころもが》え前《まえ》の夏服《なつふく》の袖《そで》から伸《の》び出《で》ている細《ほそ》くて白《しろ》い腕《うで》が寒々《さむざむ》しかった。ときどきぼくの腕《うで》に触《ふ》れた。柔《やわ》らかで冷《つめ》たかった。

階段坂《かいだんざか》に差《さ》しかかったとき、いわなければと思《おも》った。そこを過《す》ぎると彼女《かのじょ》の家《いえ》まで送《おく》っていかなければならなくなる。

ぼくは立《た》ち止《ど》まり、半歩《はんぽ》彼女《かのじょ》の前《まえ》に踏《ふ》み出《だ》して向《む》き直《なお》り、いった。

「ゴメン。もう、これ以上《いじょう》つきあえない」

すると高鳥《たかとり》は「わかってた」と消《き》え入《い》るような声《こえ》でいって、小《ちい》さく頷《うなず》いた。ぼくは傘《かさ》を彼女《かのじょ》に突《つ》き出《だ》し、雨《あめ》のなかに飛《と》び出《だ》した。

振《ふ》り返《かえ》らずにコンクリートの階段《かいだん》を駆《か》け上《のぼ》った。

上《のぼ》りきったところに懐《なつ》かしいものがあった。

あの夏《なつ》の日《ひ》、長峰《ながみね》と雨宿《あまやど》りしたプレハブのバスの待合《まちあ》い小屋《ごや》だった。

通学路《つうがくろ》が変《か》わって、寄《よ》り道《みち》する場所《ばしょ》も相手《あいて》も変《か》わって、ここ二年《ねん》まったく通《とお》ることのなかった道《みち》だったが、周囲《しゅうい》の景色《けしき》になんの変化《へんか》も感《かん》じられなかった。無用《むよう》の小屋《こや》も、二年分古《ねんぶんふる》さを増《ま》した格好《かっこう》で、依然《いぜん》としてもとの場所《ばしょ》に居座《いすわ》っていた。

ほっとした気分《きぶん》でぼくは小屋《こや》に飛《と》び込《こ》んだ。

先客《せんきゃく》は誰《だれ》もいなかった。集会《しゅうかい》をひらいているはずの猫《ねこ》たちの姿《すがた》もなかった。

ベンチに腰《こし》かけ濡《ぬ》れたシャツの袖《そで》を絞《しぼ》った。

バカなやつと自嘲《じちょう》しながら空模様《そらもよう》を見上《みあ》げ、雨止《あまや》みを待《ま》つことにした。

そして二十分《ぶん》くらいそうしていたとき不意《ふい》を突《つ》いて携帯《けいたい》が鳴《な》った。

それは、一年《ねん》の旅程《りょてい》を終《お》えてたどり着《つ》いた長《なが》峰《みね》からのメールだった。

文面《ぶんめん》は途中《とちゅう》で途切《とぎ》れてはいたが、ワープアウト後《ご》に発信《はっしん》したことは間違《まちが》いなさそうだった。

つまり、長峰《ながみね》は生《い》きていてくれた。

うれしさが静《しず》かにこみ上《あ》げてきた。

2047年《ねん》9月《がつ》 シリウス

リシテア艦隊《かんたい》がワープアウトした地点《ちてん》〈シリウスラインβ《ベータ》〉は、近傍《きんぼう》になんの星系《せいけい》も存在《そんざい》しない闇《やみ》に包《つつ》まれた虚無空間《きょむくうかん》だった。

ミカコは、ワープの瞬間《しゅんかん》を、回収《かいしゅう》されガレージへと運《はこ》ばれるトレーサー上《じょう》で迎《むか》えた。艦内《かんない》に響《ひび》き渡《わた》るカウントダウンが十まできたとき、主要《しゅよう》なすべての電源《でんげん》が落《お》とされ、艦内《かんない》は闇《やみ》に閉《と》ざされた。

ミカコのトレーサーを運《はこ》ぶコンテナも、軌道上《きどうじょう》で動《うご》きをとめた。

安全《あんぜん》のため、トレーサー内部《ないぶ》の電源《でんげん》も艦《かん》に連動《れんどう》して強制的《きょうせいてき》に落《お》とされ、ミカコもまた、たったひとり闇《やみ》に包《つつ》まれた。

突然訪《とつぜんおとず》れたタルシアン。そして初《はじ》めての実戦《じっせん》。

その興奮《こうふん》の余熱《よねつ》がまだ冷《さ》めやらず、ミカコは心臓《しんぞう》を高鳴《たかな》らせ息《いき》を荒《あら》らげ膝《ひざ》を小刻《こきざ》みに震《ふる》えさせていた。

戦闘《せんとう》に勝《か》った喜《よろこ》びよりも、タルシアンと直面《ちょくめん》したときの恐怖感《きょうふかん》のほうが強烈《きょうれつ》なインパクトとなってミカコを痺《しび》れさせていた。

触手《しょくしゅ》の檻《おり》に取《と》り囲《かこ》まれたときの、いいようのない恐怖感《きょうふかん》。ビーム・ブレードで切《き》り裂《さ》いたときの肉《にく》が弾《はじ》ける生々《なまなま》しい手応《てごた》え。何度《なんど》も繰《く》り返《かえ》した演習《えんしゅう》の後《あと》の、心地《ここち》よい疲労感《ひろうかん》はどこにもなかった。

——これは、部活《ぶかつ》なんかじゃない！

とんでもないことに巻《ま》き込《こ》まれてしまったことを、いまになってミカコは否応《いやおう》なく実感《じっかん》させられていた。

闇《やみ》のなかにひとりぼっち。早《はや》く仲間《なかま》のもとに戻《もど》って、あらいざらい起《お》こったこと見《み》たことやったことを吐《は》き出《だ》したかった。吐《は》き出《だ》せば、すこしはこの重苦《おもくる》しい気持《きも》ちを楽《らく》にできるような気《き》がした。

ワープの瞬間《しゅんかん》、ブースがわさわさと揺《ゆ》れた。トレーサー内部《ないぶ》のそこかしこが、高周波《こうしゅうは》の軋《きし》み音《おん》をあげた。細胞《さいぼう》のひとつひとつをすりこ木《ぎ》で擂《す》り潰《つぶ》されていくような、いままでに一度《いちど》も感《かん》じたことのない不快感《ふかいかん》が襲《おそ》ってきた。どこかへ向《む》かって、体全体《からだぜんたい》が引《ひ》っぱり上《あ》げられるような、吸《す》い寄《よ》せられるような、不思議《ふしぎ》な感覚《かんかく》も同時《どうじ》に味《あじ》わっていた。

ほんの数秒《すうびょう》でワープは完了《かんりょう》した。

トレーサー内《ない》の電源《でんげん》が戻《もど》り、やや遅《おく》れてガタゴトとトレーサーを載《の》せたコンテナも動《うご》き出《だ》した。

ワープ終了《しゅうりょう》を告《つ》げる、艦内《かんない》アナウンスが鳴《な》り響《ひび》いた。

艦内《かんない》のメカニズムは順調《じゅんちょう》に復旧《ふっきゅう》していったが、乗員《じょういん》たちが動《うご》き出《だ》すのにはいくらか時間《じかん》を要《よう》した。いいようのない不快感《ふかいかん》は徐々《じょじょ》に消《き》え去《さ》っていったが、痺《しび》れるような感覚《かんかく》とだるさがいつまでも全身《ぜんしん》から抜《ぬ》け落《お》ちず、身動《みうご》きがとれなかった。

——あっ。ノボルくんに伝《つた》えなきゃ。

床《ゆか》に落《お》ちていた携帯《けいたい》を、必死《ひっし》の思《おも》いで体《からだ》をねじり腕《うで》を伸《の》ばして拾《ひろ》い上《あ》げた。指先《ゆびさき》の自由《じゆう》がきかず、それ以上文面《いじょうぶんめん》を書《か》き足《た》すことはできなかった。送信《そうしん》ボタンを押《お》すのがやっとだった。

——届《とど》くかな？

現在地《げんざいち》の確定《かくてい》に戸惑《とまど》っているのか、携帯《けいたい》が着信所要時間《ちゃくしんしょようじかん》を表示《ひょうじ》するのに、えらく時間《じかん》がかかった。

〈398日《にち》13時間《じかん》XX分《ふん》XX秒《びょう》〉

自信《じしん》のなさを携帯《けいたい》なりに謙虚《けんきょ》に表現《ひょうげん》した表示《ひょうじ》だった。

——ノボルくん、高二《こう》になってるんだ。

淋《さび》しさがこみ上《あ》げてきた。

トレーサーのブースから這い出《はだ》すように降《お》り、シャワーを浴《あ》びて転げ込《ころこ》むように与《あた》えられた個《こ》室《しつ》へ戻《もど》った。そのとたん、呼び出《よだ》しがかかった。

艦橋《かんきょう》からだった。

ミカコたちトレーサー乗《の》りの居住《きょじゅう》スペースと、艦橋《かんきょう》を中心《ちゅうしん》とした操艦《そうかん》スタッフの居住空間《きょじゅうくうかん》とは厳然《げんぜん》と隔《へだ》てられており、両者《りょうしゃ》が直接顔合《ちょくせつかおあ》わせすることはめったになかった。

ミカコも、三十名弱《めいじゃく》と聞《き》いていた操艦《そうかん》スタッフを艦内《かんない》で見《み》たことは一度《いちど》もなかった。初《はじ》めて艦《かん》橋《きょう》から呼《よ》び出《だ》しがかかり、その呼《よ》び出《だ》した相手《あいて》が、艦長《かんちょう》よりさらにお偉《えら》い、艦隊総司令官《かんたいそうしれいかん》と知《し》って驚《おどろ》いた。

艦橋《かんきょう》までは、実際以上《じっさいいじょう》に長《なが》い道《みち》のりに感《かん》じられた。

総司令官室《そうしれいかんしつ》に招《まね》き入《い》れてくれたのは、五十年配《ねんぱい》の青《あお》い目《め》の司令官《しれいかん》、ギルバート・ロコモフだった。映像《えいぞう》では何度《なんど》もお目《め》にかかっていたが、直《じか》に会《あ》うのははじめてで緊張《きんちょう》した。

やわらかい笑顔《えがお》で出迎《でむか》えると、ロコモフ司令官《しれいかん》は流暢《りゅうちょう》な日本語《にほんご》で語《かた》りかけてきた。

「ナガミネくん、ごくろうさまでした」

椅子《いす》をすすめられた。

「きみのすばらしい活躍《かつやく》のおかげで、タルシアンに関《かん》して、貴重《きちょう》なデータが収集《しゅうしゅう》できました。こころから感謝《かんしゃ》しています」

ごつい手《て》で握手《あくしゅ》を求《もと》めてきた。ミカコは応《おう》じた。

「きみの功労《こうろう》に、なんらかの褒賞《ほうしょう》を考《かんが》えています。なにか艦内《かんない》で不自由《ふじゆう》していることはありませんか？　欲《ほ》しいもの、食《た》べたいものはありませんか？」

ご褒美《ほうび》をあげようというわけだ。子《こ》ども扱《あつか》いされているようで素直《すなお》に喜《よろこ》べなかった。

「それより、教《おし》えてほしいことがあります。ちゃんと答《こた》えてください」

「聞《き》きましょう」

執務席《しつむせき》につき居住《いず》まいを正《ただ》して司令官《しれいかん》はいった。

「タルシアンと戦《たたか》ったのは、正《ただ》しかったのですか？」

司令官《しれいかん》からすぐに返事《へんじ》はなかった。

「タルシアンは、わたしたちの敵《てき》なんですか？」

司令官《しれいかん》は考《かんが》え込《こ》んでしまった。

「正直《しょうじき》なところ、わたしにもまだわからない。彼《かれ》らに語《かた》りかける手段《しゅだん》を、わたしたちはまだ持《も》ち合《あ》わせていない。タルシス遺跡《いせき》からの多数《たすう》の出土品《しゅつどひん》を分析《ぶんせき》した結果《けっか》、彼《かれ》らの言語《げんご》を知《し》る手《て》がかりとなるようなものは、なにひとつ見《み》つけることができなかった。つまり我々《われわれ》の文字《もじ》に相当《そうとう》するようなものが、彼《かれ》らにはないのかもしれない」

「それじゃ、わたしが戦《たたか》ったことも、間違《まちが》いだったかもしれないんですね」

「いや、やはり戦《たたか》うしかなかった。現《げん》に犠牲者《ぎせいしゃ》が出《で》ている。もし戦《たたか》わなければ、こっちがやられてしまうことになる」

「それじゃ、こんどまたタルシアンと出会《であ》ったら、やっぱり戦《たたか》っていいんですね？」

「状況《じょうきょう》にもよるが、命令《めいれい》に従《したが》ってもらう。戦《たたか》うかどうかは、わたしが判断《はんだん》する」

「わかりました。命令《めいれい》に従《したが》えばいいんですね」

深《ふか》くうなずくと、ロコモフ司令官《しれいかん》は声《こえ》の調子《ちょうし》を変《か》えていった。

「そう、ひとつ聞《き》いておきたいことがありました。戦闘中《せんとうちゅう》、タルシアンが触手《しょくしゅ》のようなもので囲《かこ》みを取《と》り囲《かこ》んだことがあったね。あれは、なにか攻撃《こうげき》の一種《いっしゅ》だったのかね？」

「さあ、攻撃《こうげき》とは感《かん》じられなかったけれど、あの後《あと》、攻撃《こうげき》に移《うつ》るつもりだったのかもしれません。大《おお》きな目玉《めだま》でじろじろ見《み》られて、とっても恥《は》ずかしかったし、気持《きも》ちが悪《わる》かったけど」

「見《み》られて恥《は》ずかしかった……。わかった。ひょっとしたら、彼《かれ》らもわたしたちのことを手探《てさぐ》りで知《し》ろうとしているのかもしれない。うむ、ありがとう。きょうは交替勤務《こうたいきんむ》から外《はず》れていいよ。ゆっくり休養《きゅうよう》しなさい。そう、あさって、艦隊《かんたい》は大移動《だいいどう》を行《おこな》うことになる。ショートカット・アンカーを使《つか》ったワープを行《おこな》う。目的地《もくてきち》は、シリウス星系《せいけい》。地球《ちきゅう》から八・六光年離《こうねんはな》れた場所《ばしょ》だ。必《ひっ》要《よう》な相手《あいて》がいたら、今日明日中《きょうあすじゅう》に連絡《れんらく》をとっておきなさい」

――地球《ちきゅう》から八・六光年《こうねん》！

そう聞《き》いただけで、気《き》が遠《とお》くなりそうだった。

■　■　■

ノボルくん。

ミカコはいま、地球《ちきゅう》から一・一光年離《こうねんはな》れた場所《ばしょ》にいるよ。

ノボルくんはいま、高校《こうこう》二年生《ねんせい》なんだね。

きのうのメールちゃんと届《とど》いたかな。中途半端《ちゅうとはんぱ》なメールで、ゴメンね。どうして連《れん》絡《らく》もなしに一年以上《ねんいじょう》メールが届《とど》かなくなってしまったのか、だいたいの事情《じじょう》は伝《つた》わってるよね。

そう、タルシアンは、いきなり現《あらわ》れたの。それに、ハイパードライブも急《きゅう》な決定《けってい》で、メールを打《う》ってる暇《ひま》もなかった。

きのうのメールは、無事《ぶじ》でいることだけでも知《し》らせたくて、書《か》きかけのをワープアウトのすぐ後《あと》に送《おく》ったの。

でも、ほんとうに心配《しんぱい》かけちゃったね。ゴメン。

それとも、あんまり待《ま》ちくたびれて、ノボルくん、ミカコのことなんかとっくに忘《わす》れてしまったかな。

とにかく、ミカコは元気《げんき》でいるよ。

ところできょうは、重大《じゅうだい》なお知《し》らせがあります。

あした、艦隊《かんたい》はまた、ワープすることになりました。

今度《こんど》は、ショートカット・アンカーを使《つか》っての思《おも》いっきり遠《とお》くまでのジャンプ。地《ち》球《きゅう》からだと、八・六光年《こうねん》の場所《ばしょ》。

ミカコはほんとに、遠《とお》い遠《とお》い宇宙《うちゅう》へ行《い》っちゃうんだよ。

これがどういうことかというと、これからは、お互《たが》いのメールが届《とど》くのに、八年《ねん》七ケ月《かげつ》かかってしまうってこと。

わたしたちは、まるで宇宙《うちゅう》と地上《ちじょう》に引《ひ》き裂《さ》かれた恋人《こいびと》みたい。

次《つぎ》のメールが届《とど》くとき、ノボルくんは二十四歳《さい》。

ミカコのこと、忘《わす》れないでいてくれるかなあ。

それじゃ、おやすみ。

悲劇《ひげき》のヒロイン気《き》どりのミカコより

■　■　■

ワープアウトしたリシテア艦隊《かんたい》の乗員《じょういん》たちを出迎《でむか》えた光景《こうけい》は、どこか懐《なつ》かしさを感《かん》じさせるものだった。

燃《も》え盛《さか》る真《ま》っ赤《か》な太陽《たいよう》とそれを囲《かこ》んで周回《しゅうかい》する惑星《わくせい》たち。

ショートカット・アンカーが見《み》つかった予備調査《よびちょうさ》の段階《だんかい》で、アガルタと名《な》づけられた第《だい》四惑星《わくせい》に、地球《ちきゅう》とよく似《に》た環境《かんきょう》が備《そな》わっていることが判明《はんめい》した。

ワープ前夜《ぜんや》、ミカコたちトレーサー乗《の》りは全員《ぜんいん》ランチルームに召集《しょうしゅう》され、アガルタ調査計画《ちょうさけいかく》について簡単《かんたん》なレクチャーを受《う》けた。

短期的《たんきてき》には、アガルタ全土《ぜんど》の地上探査《ちじょうたんさ》を行《おこな》い、この惑星《わくせい》にタルシアン文明《ぶんめい》の痕跡《こんせき》がないかを調査《ちょうさ》する。また、長期的《ちょうきてき》には、この惑星《わくせい》に拠点《きょてん》を築《きず》き、さらに遠《とお》い宇宙《うちゅう》へ向《む》けてタルシアン探査《たんさ》の手《て》を延《の》ばす、その足《あし》がかりとしたいことを。

ただし、これはあくまで調査計画《ちょうさけいかく》のアウトラインであり、調査期間《ちょうさきかん》については調査《ちょうさ》の進展《しんてん》を見《み》て決《き》めることとする。

ワープアウト後《ご》、艦隊《かんたい》はただちにアガルタ衛星軌道《えいせいきどう》へと移動《いどう》した。

半日《はんにち》をかけ衛星写真《えいせいしゃしん》を撮《と》り、その写真《しゃしん》をもとにかなりな精度《せいど》の地図《ちず》が作成《さくせい》された。

その地図《ちず》をもとに、艦船《かんせん》ごとの調査担当《ちょうさたんとう》エリアが線引《せんび》きされた。さらに艦船《かんせん》ごとに調査隊《ちょうさたい》の編《へん》制《せい》がなされ、エリアをグリッドに細分《さいぶん》し、各隊員《かくたいいん》への割《わ》り当《あ》てが発表《はっぴょう》された。

調査《ちょうさ》で地上《ちじょう》に降《お》りるトレーサーと艦船《かんせん》に残《のこ》るトレーサーを半々《はんはん》とし、十二時間《じかん》の交替勤務《こうたいきんむ》とした。地上調査《ちじょうちょうさ》の隊員《たいいん》は、十二時間《じかん》をめいっぱい調査活動《ちょうさかつどう》の時間《じかん》にあて、艦船待機《かんせんたいき》の隊員《たいいん》は、休養《きゅうよう》と緊急出動時待機《きんきゅうしゅつどうじたいき》にあてることとなった。調査期間《ちょうさきかん》は明言《めいげん》されなかったが、支障《ししょう》なくスケジュールどおりに調査《ちょうさ》が進展《しんてん》すれば、一ヶ月《かげつ》で全《ぜん》グリッドが探索《たんさく》される予定《よてい》だった。

十隻《せき》の艦船《かんせん》はそれぞれの担当《たんとう》エリア上空《じょうくう》へと、降下散開《こうかさんかい》していった。

そして、各艦船《かくかんせん》から、調査《ちょうさ》一日目《にちめ》、第《だい》一班《ぱん》のトレーサーおよそ五十機《き》が、順次《じゅんじ》地上《ちじょう》へ降下《こうか》していった――。

大気圏突入《たいきけんとつにゅう》を果《は》たし、足下《そっか》に地上《ちじょう》の景色《けしき》が見《み》えてきたとき、ミカコはほっとさせられるような気分《きぶん》を味《あじ》わっていた。

久々《ひさびさ》に目《め》にする緑《みどり》だった。

アガルタの大地《だいち》は、緑一色《みどりいっしょく》に覆《おお》われていた。

月面《げつめん》ベースキャンプに強制収容《きょうせいしゅうよう》されて以来《いらい》、メタリックでモノトーンな色調《しきちょう》ばかりに囲《かこ》まれて生活《せいかつ》してきた。太陽系内《たいようけいない》では、立《た》ち寄《よ》ったどの惑星《わくせい》やどの衛星《えいせい》でも、生命活動《せいめいかつどう》を感《かん》じさせる色彩《しきさい》にお目《め》にかかることはできなかった。

この一年《ねん》と数《すう》ヶ月《かげつ》、乾《かわ》ききった環境《かんきょう》で生活《せいかつ》してきたことを、ミカコはアガルタの緑《みどり》を目《め》にしてつくづく実感《じっかん》させられた。

低空《ていくう》に白《しろ》い雲《くも》がたなびき、その雲間《くもま》から地上《ちじょう》を覆《おお》う草原《そうげん》の黄緑《きみどり》と森林《しんりん》の深緑《ふかみどり》が垣間見《かいまみ》られた。

高度《こうど》が下《さ》がるにつれ、地上《ちじょう》の有様《ありさま》がより明《あき》らかになっていった。山岳《さんがく》があり、丘陵《きゅうりょう》があり、渓谷《けいこく》があり、川《かわ》が流《なが》れ、湖《みずうみ》に陽光《ようこう》が反射《はんしゃ》していた。

いっせいに降下《こうか》した五十機《き》のトレーサーは、地上《ちじょう》千メートルの上空《じょうくう》に到達《とうたつ》したところで、傘《かさ》を開《ひら》くように四方八方《しほうはっぽう》へと散開《さんかい》していった。

ミカコは、近傍《きんぼう》エリアの担当《たんとう》となった僚機《りょうき》五機《き》と編隊《へんたい》を組《く》んで、目的地《もくてきち》まで飛行《ひこう》した。

低空《ていくう》に、隊列《たいれつ》を組《く》んで飛《と》ぶ鳥《とり》らしきものの姿《すがた》も確認《かくにん》できた。

感動的《かんどうてき》な眺《なが》めだった。

地球《ちきゅう》以外《いがい》にも生命《せいめい》に満《み》ち溢《あふ》れた星《ほし》が存在《そんざい》し、第《だい》一発見者《はっけんしゃ》として、自分《じぶん》がその光景《こうけい》に接《せっ》しているのだ。

それぞれの担当《たんとう》グリッドが近《ちか》づいたところで編隊飛行《へんたいひこう》を解消《かいしょう》した。

ミカコはひとりぼっちになった。

地上《ちじょう》に降《お》り立《た》った。周囲《しゅうい》はゆるやかな起伏《きふく》の草原地帯《そうげんちたい》。

大地《だいち》を踏《ふ》みしめて立《た》ったトレーサーの足下《あしもと》の草原《そうげん》から、なにかの小動物《しょうどうぶつ》が多数《たすう》、びっくりしたように飛《と》び跳《は》ね、一瞬陽光《いっしゅんようこう》を浴《あ》びてその姿《すがた》を現《あらわ》し、すぐまた草《くさ》むらのなかへともぐりこんで姿《すがた》を消《け》した。

ミカコの担当《たんとう》グリッドは、一辺《いっぺん》が約《やく》百キロメートルの正方形《せいほうけい》。思《おも》った以上《いじょう》の広範囲《こうはんい》となっていた。まともに探索《たんさく》すると、とてもじゃないが追《お》いつかない。

しかしミカコは命令《めいれい》どおり、歩行調査《ほこうちょうさ》を開始《かいし》した。

大地《だいち》を踏《ふ》みしめトレーサーが、一歩《ぽ》一歩《ぽ》進《すす》んでいく。

月面基地《げつめんきち》でさんざん繰《く》り返《かえ》した基本動作《きほんどうさ》が、こんな場所《ばしょ》で役《やく》にたってくるとは。

周囲《しゅうい》は見渡《みわた》す限《かぎ》りの草原《そうげん》で、タルシアンの痕跡《こんせき》など、見《み》つけたくても存在《そんざい》していそうになかった。

退屈《たいくつ》な行進《こうしん》がはじまった。

——痕跡《こんせき》って、なにを？

地上建造物《ちじょうけんぞうぶつ》が存在《そんざい》しないことは、マップ作成《さくせい》の段階《だんかい》ではっきりしていた。

ミカコは二時間《じかん》ほど自分《じぶん》で操縦《そうじゅう》し、あとは機載《きさい》コンピュータに任《まか》せることにした。

地球《ちきゅう》の風景《ふうけい》によく似《に》ていると、ミカコはあらためて思《おも》った。

しかし実際《じっさい》の地球《ちきゅう》には、こんな風景《ふうけい》はありえない。

ここアガルタの自然《しぜん》は、まったく手付《てつ》かずの自然《しぜん》そのものだった。アガルタの大地《だいち》は生命《せいめい》に溢《あふ》れている。しかしそこには、知的生命体《ちてきせいめいたい》の存在《そんざい》を窺《うかが》わせる匂《にお》いのようなものはなにも感《かん》じられなかった。

その決定的《けっていてき》な差異《さい》に、ミカコはかえって地球《ちきゅう》の、見知《みし》った身近《みぢか》な風景《ふうけい》を懐《なつ》かしく思《おも》った。

さらに二時間《じかん》ほど歩《ある》いた。

草原《そうげん》がさわさわと騒《さわ》ぎ始《はじ》めた。風《かぜ》が出《で》てきた。黒《くろ》い雲《くも》が空《そら》を覆《おお》い始《はじ》めた。

ミカコは、トレーサーの歩《あゆ》みを止《と》めた。

——あ、雨《あめ》。

夏《なつ》の通《とお》り雨《あめ》のようなぱらぱらとした雨粒《あまつぶ》が、天《てん》から降《ふ》り落《お》ちてきた。

雨《あめ》に打《う》たれトレーサーは立《た》ち尽《つ》くした。降《ふ》り募《つの》る雨《あめ》が地上《ちじょう》の彩《いろどり》を塗《ぬ》り替《か》えていく。雲間《くもま》から
スポットライトのように陽光《ようこう》が射《さ》し込《こ》む。

空《そら》を仰《あお》ぎ見《み》るミカコの目《め》に、涙《なみだ》が滲《にじ》んだ。

——雨《あめ》にあたりたいな。

——コンビニ行《い》っていっしょにアイス食《た》べたいな。

ミカコは目《め》を閉《と》じ、こらえていたものを吐《は》き出《だ》すようにいった。

——会《あ》いたいよ、ノボルくん！

頰《ほお》を伝《つた》い涙《なみだ》が零《こぼ》れ落《お》ち、制服《せいふく》のスカートを濡《ぬ》らした。

二十四歳《さい》のノボルくん。こんにちは。

十五歳《さい》のミカコだよ。

ね、わたしいまでも、ノボルくんのこと、すごくすごく好《す》きだよ。

■　■　■

■　■　■

ミカコは祈《いの》りを込《こ》めて送信《そうしん》ボタンを押《お》した。

——お願《ねが》い届《とど》いて。

連《つ》れ去《さ》られて以来《いらい》、訓練《くんれん》に明《あ》け暮《く》れ与《あた》えられた課題《かだい》をこなしスキルを身《み》につけていくことに精《せい》一杯《いっぱい》で、我《わ》が身《み》を振《ふ》り返《かえ》る間《ま》もなかった。いや、あえて自分《じぶん》を追《お》い込《こ》むことで、受《う》け入《い》れがたい不条理《ふじょうり》に目《め》をつぶってきた。

でももう限界《げんかい》だった。

ミカコは泣《な》いた。気持《きも》ちのままに泣《な》いた。

一年間《ねんかん》、流《なが》すことのなかった涙《なみだ》が、とめどなく溢《あふ》れ出《で》て流《なが》れ落《お》ちた。

涙涸《なみだか》れるまで泣《な》き、泣《な》き疲《つか》れぐったりとシートにもたれかかった。

ふっと、誰《だれ》かの気配《けはい》を感《かん》じた。

——誰《だれ》？

目《め》を開《あ》けた瞬間《しゅんかん》、眩《まぶ》しい光《ひかり》が飛《と》び込《こ》んできた。

いくつもの映像《えいぞう》が、瞬時《しゅんじ》に網膜《もうまく》を掠《かす》め去《さ》った。

自宅《じたく》の高層《こうそう》マンション、剣道着姿《けんどうぎすがた》のわたし、踏《ふ》み切《き》りで貨物列車《かもつれっしゃ》を通過待《つうかま》ちしているわたし、誰《だれ》も居《い》ない教室《きょうしつ》、雑然《ざつぜん》とした机《つくえ》、黒板《こくばん》には寺尾昇《てらおのぼる》と長峰美加子《ながみねみかこ》の相合傘《あいあいがさ》の落書《らくが》き、ノボルくんの自転車《じてんしゃ》に二人乗《ふたりの》りしているわたし、バスに揺《ゆ》られ居眠《いねむ》りしたふりしてノボルくんの肩《かた》にもたれかかったわたし……。

どれもが懐《なつ》かしい、心《こころ》のアルバムにしまった忘《わす》れえぬ映像《えいぞう》。

だけど、誰《だれ》かが盗《ぬす》み見《み》してる。大《おお》きな目《め》で盗《ぬす》み見《み》ている。

一瞬《いっしゅん》、タルシアンの姿《すがた》が視界《しかい》をよぎった。

はっとなってミカコは顔《かお》を上《あ》げた。

草原《そうげん》に、誰《だれ》かと向《む》き合《あ》ってふわふわと浮《う》かんでいるわたし。

そして少《すこ》し幼《おさな》い自分《じぶん》が目《め》の前《まえ》にいた。

「ねえ、やっとここまで来《き》たね」

幼《おさな》いミカコがやさしく話《はな》しかける。

「おとなになるには痛《いた》みも必要《ひつよう》だけど、あなたたちならずっとずっと先《さき》まで、もっと遠《とお》い銀河《ぎんが》の果《は》てまでだって行《い》ける。……だから、ついて来《き》てね。託《たく》したいのよ、あなたたちに」

ミカコは悲《かな》しそうな顔《かお》をして、だだっ子《こ》のようにいやいやと首《くび》を振《ふ》った。

「だけどわたしは、ノボルくんに会《あ》いたいだけなのに……。好《す》きって、いいたいだけなのに……」

泣《な》き涸《か》らしたはずの涙《なみだ》がまた、溢《あふ》れ出《で》てきた。

ミカコは突《つ》っ伏《ぷ》して泣《な》いた。誰《だれ》もいない、中学《ちゅうがく》の教室《きょうしつ》で、机《つくえ》に伏《ふ》せて泣《な》いた。

西日《にしび》が射《さ》し込《こ》み、教室《きょうしつ》を赤《あか》く染《そ》め上《あ》げる。

「大丈夫《だいじょうぶ》。きっとまた会《あ》えるよ」

泣《な》き伏《ふ》してしまったミカコを、こんどは大人《おとな》になったミカコがやさしく慰《なぐさ》めた。

大人《おとな》のミカコはそれじゃと背《せ》を向《む》ける。振《ふ》り返《かえ》ると、二人《ふたり》のミカコとの間《あいだ》を線路《せんろ》と踏《ふ》み切《き》りが隔《へだ》てていた。ミカコが追《お》おうとすると、遮断機《しゃだんき》が下《お》りる。目《め》の前《まえ》をＪＲ貨物列車《かもつれっしゃ》が通《とお》り過《す》ぎた。

そこには、もう誰《だれ》もいなかった。

踏《ふ》み切《き》りも線路《せんろ》も、いつの間《ま》にか消《き》えてなくなっていた。

視界《しかい》にひろがっていたのは、アガルタの草原《そうげん》だった。

いつの間《ま》にか雨《あめ》が上《あ》がり、草原《そうげん》の草葉《くさは》は生《い》き生《い》きした色《いろ》に輝《かがや》いていた。

——なんだったの？　夢《ゆめ》？　わたし、居眠《いねむ》りしてたの？

それにしてはあまりにリアルな映像《えいぞう》だった。

——ほんとに、あなたがタルシアンだったの？　敵《てき》のわたしなんかに、なんで話《はな》しかけてきたの？

はっとなってミカコは周囲《しゅうい》を見回《みまわ》した。

トレーサーは大地《だいち》の裂《さ》け目《め》の崖《がけ》っぷちに立《た》っていた。

――いつの間《ま》にこんなところに？

屈《かが》みこむようにしてトレーサーを屈曲《くっきょく》させ、崖《がけ》を覗《のぞ》き込《こ》む。

「なに、これ？」

どこかで見《み》た景色《けしき》に似《に》ていた。

――そう、タルシス遺跡《いせき》！

そっくりな形《かたち》の住居跡《じゅうきょあと》が、崖《がけ》に張《は》りつくようにいくつも積《つ》み重《かさ》なっている。

――見《み》つけた！　アガルタにあるから、アガルタ遺跡《いせき》ね。

さっそく、報告《ほうこく》しなくっちゃと、通信回路《つうしんかいろ》を開《ひら》いたときだった。逆《ぎゃく》にミカコを呼《よ》び出《だ》す警戒音《けいかいおん》が鳴《な》り響《ひび》いた。

『タルシアン出現《しゅつげん》、タルシアン出現《しゅつげん》！』

たちまちスクリーンがミッション・マップに切《き》り替《か》わる。

『各地《かくち》で出現《しゅつげん》したタルシアンが、調査隊《ちょうさたい》を襲《おそ》っている。全隊員《ぜんたいいん》に告《つ》ぐ。直《ただ》ちに応戦《おうせん》せよ』

――どうして？　これがあなたのいう痛《いた》みってことなの？

天空《てんくう》からなにかが猛《もう》スピードで降《ふ》ってきた。

一キロほど先《さき》の大地《だいち》に突《つ》き刺《さ》さり、盛大《せいだい》な火柱《ひばしら》を上《あ》げた。
――どうして、戦《たたか》わなければならないの？
ミカコは手《て》の甲《こう》で涙《なみだ》を拭《ぬぐ》うと、形相《ぎょうそう》を変《か》えた。
戦士《せんし》の顔《かお》になっていた。

２０４８年《ねん》９月《がつ》　昇《のぼる》自《じ》室《しつ》

太陽系外縁《たいようけいがいえん》から送《おく》られてきた長峰《ながみね》からの二通目《つうめ》のメール。

わたしたちは、まるで宇宙《うちゅう》と地上《ちじょう》に引《ひ》き裂《さ》かれた恋人《こいびと》みたい

思《おも》わずぼくは、ボタンを押《お》す手《て》を止《と》めてしまった。

タイミングが良《よ》すぎたのか悪《わる》すぎたのか、高鳥《たかとり》を振《ふ》った（？）ばかりのぼくには、あまりに重《おも》い内容《ないよう》だった。

たった一年《ねん》で、このありさまだった。

八年《ねん》七ヶ月《かげつ》がどういう意味《いみ》をもつことになるのか、即座《そくざ》には想像《そうぞう》がつかなかった。

長峰自身《ながみねじしん》も、こんな長旅《ながたび》になるなんてことは、ひとことも聞《き》かされてなかったはずだ。

詐欺《さぎ》だ、ペテンだ、人攫《ひとさら》いだ、だまし討《う》ちだ。ひどい。ひどすぎる。

この怒《いか》りを誰《だれ》にぶつければいいのか。

ぼくにできることは、この怒《いか》りを長峰《ながみね》と共有《きょうゆう》することだけだった。

それにしても残酷《ざんこく》だと思《おも》ったのは、一年間《ねんかんま》待って、メールが届《とど》いたのはいいのだが、返事《へんじ》のしようがないことだった。

いまもう長峰《ながみね》はワープ先《さき》の太陽系外縁《たいようけいがいえん》にいないのは確《たし》かで、かといって、次《つぎ》の移動先《いどうさき》シリウス星系《せいけい》にまだいるかどうかもわからない。

ぼくがメールを長峰《ながみね》に打《う》てるのは、八年七ヶ月先《ねんかげつさき》にシリウス星系《せいけい》に到着《とうちゃく》した長峰《ながみね》からのメールが届《とど》いてからの話《はなし》で、それだってその時点《じてん》ではもう、長峰《ながみね》はまったく別《べつ》な場所《ばしょ》にいるかもしれない。

けっきょくぼくは、こと長峰《ながみね》に関《かん》しては、メールを待《ま》つだけの存在《そんざい》になってしまったということだ。

この八年何ヶ月《ねんなんかげつ》かの間《あいだ》に、長峰《ながみね》が一時的《いちじてき》にでも地球《ちきゅう》へ戻《もど》ってくる可能性《かのうせい》があるだろうかと考《かんが》えてみた。たぶん、ハイパードライブはもう使《つか》えないだろう。亜光速《あこうそく》エンジンを使《つか》うと、光速《こうそく》までどう効率《こうりつ》よく加速《かそく》したとしても、倍近《ばいちか》い時間《じかん》がかかってしまう。

可能性《かのうせい》として、帰《かえ》りのショートカット・アンカーが運良《うんよ》く見《み》つかった場合《ばあい》が考《かんが》えられた。一年《ねん》たったいまでも長峰《ながみね》が帰《かえ》ってきていないことからすると、シリウスからの復路《ふくろ》のショートカット・アンカーはまだ見《み》つかっていないのだろう。いや、見《み》つかってはいても、上層部《じょうそうぶ》の判断《はんだん》により服務続行中《ふくむぞっこうちゅう》で、帰還《きかん》は許《ゆる》されていないだけなのかもしれない。

待《ま》つこと以外《いがい》にぼくになにができるだろうか？

気《き》が遠《とお》くなるほど時間《じかん》はたっぷりある。

なにか、はっきりした目標《もくひょう》を掲《かか》げ、それに向《む》かってがんばってみよう。

決《けっ》して開《ひら》くことのない扉《とびら》を、無意味《むいみ》に叩《たた》き続《つづ》けることはもうやめよう。

心《こころ》を硬《かた》く閉《と》ざし、たったひとりで大人《おとな》になろうと心《こころ》に決《き》めた。

2056年《ねん》3月《がつ》 防《ぼう》衛《えい》大《だい》学《がく》生《せい》寮《りょう》

過《す》ぎてしまえば八年《ねん》なんて、あっけないものだと思《おも》った。

長峰《ながみね》からのメールを待《ま》ち続《つづ》けるかわりに、ぼくはぼくの歩《あゆ》むべき道《みち》を模索《もさく》し、そして選択《せんたく》した。

だけど、長峰《ながみね》のことを忘《わす》れたわけじゃない。

あのころ使《つか》っていた携帯《けいたい》は、いまも手放《てばな》さないで使《つか》っている。

使《つか》っているといっても長峰専用《ながみねせんよう》の携帯《けいたい》で、実際《じっさい》に鳴《な》ることはない。

だけど、充電《じゅうでん》をまめに行《おこな》い、契約更新《けいやくこうしん》の手続《てつづ》きも忘《わす》れずに行《おこな》ってきた。

だからたぶん、うまくすれば、ここ二、三日《にち》うちに長峰《ながみね》からのメールが届《とど》くはずだ。

ぼくはいま、六年間過《ねんかんす》ごした大学《だいがく》の学生寮《がくせいりょう》の一室《いっしつ》で、ちょっと幸《しあわ》せな気分《きぶん》にひたってぼーっとしている。春《はる》のやわらかな日差《ひざ》しが部屋《へや》に差《さ》し込《こ》んでいる。風《かぜ》はまだ冷《つめ》たいが、ぼくは窓《まど》を全開《ぜんかい》にしている。

六畳間《じょうま》の個室《こしつ》が、やけに広《ひろ》く感《かん》じられる。

入寮《にゅうりょう》したときはこんなだったっけと、六年前《ねんまえ》を振《ふ》り返《かえ》ってみる。

引越《ひっこ》し屋《や》が何《なに》を勘違《かんちが》いしたのか、きのう一日早《にちはや》くやって来《き》て、まだ荷造《にづく》り途中《とちゅう》の私物一切《しぶついっさい》をコンテナに放《ほう》り込《こ》み、有無《うむ》をいわせず持《も》って行《い》ってしまった。

だから部屋《へや》にはなにもない。寝具《しんぐ》も撤収《てっしゅう》されてしまったから、昨夜《さくや》は後輩何人《こうはいなんにん》かから余《あま》ってる布団《ふとん》や毛布《もうふ》を借《か》り集《あつ》めてどうにかやり過《す》ごした。今週《こんしゅう》いっぱいはまだいていいことになっている。無理《むり》にいる必要《ひつよう》もないのだけれど。

部屋《へや》に残《のこ》っているのは、着替《きが》えを入《い》れた旅行《りょこう》バッグと、壁《かべ》に吊《つ》るした国連宇宙軍《こくれんうちゅうぐん》の制服《せいふく》。こればっかりは引越《ひっこ》し荷物《にもつ》といっしょくたにされちゃたまったもんじゃないと、引越《ひっこ》し業者《ぎょうしゃ》の手《て》からひったくり持《も》って帰《かえ》ることにした。

この春《はる》から通信技師《つうしんぎし》として艦隊勤務《かんたいきんむ》が決《き》まっている。

高《こう》二のときの進路選択《しんろせんたく》は、たぶん間違《まちが》っていなかったと思《おも》う。

そのころまだ、航宙自衛官《こうちゅうじえいかん》はいまほどの人気《にんき》はなくて、それでも防衛大《ぼうえいだい》となると狭《せま》き門《もん》であることに間違《まちが》いなく、合格《ごうかく》できたのはぼくなりに必死《ひっし》に勉強《べんきょう》した結果《けっか》だと思《おも》っている。それでも、ストレートに艦隊勤務《かんたいきんむ》につけるとは思《おも》っていなかった。航宙自衛官《こうちゅうじえいかん》も組織的《そしきてき》に見《み》れば国連宇宙軍《こくれんうちゅうぐん》に組《く》み込《こ》まれてはいるが、艦隊勤務《かんたいきんむ》となると超狭《ちょうせま》き門《もん》だ。

ぼくは工学部通信学科《こうがくぶつうしんがっか》を受験《じゅけん》し、大学院《だいがくいん》まで進《すす》んだ。

その先研究職《さきけんきゅうしょく》として大学《だいがく》に残《のこ》る道《みち》もあったが、あえて現場《げんば》を選《えら》んだ。最初《さいしょ》っからそのつもりだったからだ。

長峰《ながみね》がきっかけで宇宙《うちゅう》に興味《きょうみ》を持《も》った。

といえば聞《き》こえはいいが、そんなの嘘《うそ》だ。
十六、七の若造《わかぞう》の行動原理《こうどうげんり》なんて、もっと単純《たんじゅん》でひとにはとうていいえないほど恥《は》ずかしいものと相場《そうば》が決《き》まっている。
そう、長峰《ながみね》にもういちど会《あ》うために、ぼくはこの道《みち》を選《えら》んだ。

好《す》きとか嫌《きら》いとか、そういうんじゃない。

会《あ》ってどうしようっていうんでもない。

会《あ》って、無事《ぶじ》でいたことを確認《かくにん》し、ぼくがメールを待《ま》っていただけじゃなかったことを、身《み》をもって伝《つた》えたい。それだけのことだった。

そしてただ、もしそうであれば、九年《ねん》が経《た》ったいまでも、中学《ちゅうがく》のときのようにぼくたちは、なにか共有《きょうゆう》できるものがあるかどうかを、聞《き》いてみたかった。

……でもまあ、ぼくが勝手《かって》にそう思《おも》い込《こ》んでいるだけで、長峰《ながみね》はもうぼくのことなんか忘《わす》れてしまっているかもしれない。それはそれでかまわない。

だいいち、同《おな》じ国連宇宙軍《こくれんうちゅうぐん》に所属《しょぞく》しているからって、長峰《ながみね》に必《かなら》ず会《あ》えると限《かぎ》ったわけじゃない。

ただ、第一次《だいいちじ》タルシアン探査隊《たんさたい》の報告《ほうこく》を待《ま》って、もうじき第二次《だいにじ》タルシアン探査隊《たんさたい》が組織《そしき》されるはずだ。確《たし》かな筋《すじ》ではないが、そういう裏情報《うらじょうほう》は掴《つか》んでいる。

それに、永遠《えいえん》に会《あ》えない可能性《かのうせい》だって考《かんが》えていないわけではない。

こういう噂《うわさ》がある。

「コスモナートには、冷凍精子《れいとうせいし》や受精卵《じゅせいらん》が積《つ》んである」っていう。

もちろん、人間《にんげん》のだ。

どういうことかというと、第一次探査隊《だいいちじたんさたい》の選抜《せんばつ》メンバーには、勤務期限《きんむきげん》がないということだ。タルシアンの所在《しょざい》を確認《かくにん》できるまで、一生帰《いっしょうかえ》ってこなくていいってことだ。

それどころか、何世代《なんせだい》にもわたって目的《もくてき》を果《は》たすまで探査《たんさ》の旅《たび》を続《つづ》けなければならないってことだ。そのために、次世代隊員《じせだいたいいん》を産《う》み育《そだ》ててもらうために、選抜《せんばつ》メンバーをすべて若《わか》い女性《じょせい》にしたということなのだ。

人権無視《じんけんむし》もいいとこの、とんでもない話《はなし》だ。

だけどいまは非常事態下《ひじょうじたいか》で、仮《かり》にこの噂《うわさ》が真実《しんじつ》として公表《こうひょう》されたとしても、世論《よろん》の反発《はんぱつ》を買《か》うのは、ほんのいっときのことかもしれない。

長峰《ながみね》は、いまごろどこかの星《ほし》でお母《かあ》さんになって、子育《こそだ》てをしているかもしれない。想像《そうぞう》したくなかったが可能性《かのうせい》として考慮《こうりょ》に入《い》れ、それはそれで冷静《れいせい》に受《う》け止《と》める覚悟《かくご》でいよう。

だけど、同《おな》じ趣旨《しゅし》で第二次探査隊《だいにじたんさたい》も女性《じょせい》のみで構成《こうせい》されるとしたら、間違《まちが》ってもぼくにはお呼《よ》びがかからないことになる。性転換手術《せいてんかんしゅじゅつ》を受《う》けることも、一時《いちじ》考《かん》えないでもなかった。子《こ》どもが産《う》めなきゃ意味《いみ》ないのかと、すぐにその考《かん》えは却下《きゃっか》したけど。

いずれにしても地球《ちきゅう》でぼーっとしているよりは、再会《さいかい》できる可能性《かのうせい》は高《たか》いのではないかと、単《たん》純《じゅん》に若造《わかぞう》は思《おも》ったわけだ。

この六年《ねん》、ぼくの考《かんが》えがずっと揺《ゆ》らがなかったといったら嘘《うそ》になる。普通《ふつう》のサラリーマンも悪《わる》くないかなって思《おも》った時期《じき》もあった。

だけどとにかくここまで来《こ》れた。

長峰《ながみね》には感謝《かんしゃ》している。

急《いそ》いではいないけど、きょう実家《じっか》へ帰《かえ》る予定《よてい》でいる。午前中《ごぜんちゅう》だけでもここでのんびりしていようと思《おも》った。

携帯《けいたい》が鳴《な》ったのは、出支度《でじたく》をしようとしかけたときだった。

■　■　■

二十四歳《さい》のノボルくん。こんにちは。
十五歳《さい》のミカコだよ。

■　■　■

たった二行《ぎょう》のメールだった。
あとはノイズで判読不能《はんどくふのう》だった。
だけど、届《とど》いたことだけでも奇跡《きせき》だと思《おも》った。
ミカコの思《おも》いが、はるかな時間《じかん》と空間《くうかん》を超《こ》えて、伝《つた》わって来《き》たのだと。
十五歳《さい》のミカコは、ぼくになにを伝《つた》えたかったのだろう？
いま、二十四歳《さい》のミカコは、どこにいてなにをしているのだろう？

そして、なにを思《おも》っているのだろう？
会《あ》いたいと、切実《せつじつ》に思《おも》った。

2047年《ねん》9月《がつ》 アガルタ

スクリーン上《じょう》に襲撃《しゅうげき》のデータが次々《つぎつぎ》と飛《と》び込《こ》んでくる。

アガルタ全土《ぜんど》に配分《はいぶん》された調査隊《ちょうさたい》五百名《めい》、五百機《き》のトレーサーの現在地《げんざいち》を示《しめ》す緑《みどり》のドットが球《きゅう》状《じょう》マップに示《しめ》され、それとほぼ同数《どうすう》の赤《あか》いドットが、緑《みどり》の点列《てんれつ》に折《お》り重《かさ》なるようにして次々《つぎつぎ》と刻《こく》印《いん》されていく。

戦火《せんか》が上《あ》がった地点《ちてん》は四角《しかく》く囲《かこ》われナンバーが打《う》たれていく。その数字《すうじ》はたちまち二桁《けた》に跳《は》ね上《あ》がり、いくらも待《ま》たないうちに三桁《けた》に達《たっ》してしまった。

警報《けいほう》が鳴《な》った。

天《てん》からの一撃《いちげき》から数秒《すうびょう》も置《お》かず、一体《たい》のタルシアンがミカコを襲《おそ》ってきた。

「どこ？」

天《てん》を見上《みあ》げる。

雲《くも》を割《わ》って銀色《ぎんいろ》のタルシアンが急降下《きゅうこうか》してくる。

「どうして、わかんない。わかんないよ」

ミカコは奥歯《おくば》を噛《か》みしめ、戦闘行為《せんとうこうい》を開始《かいし》した。

ブースターをめいっぱい噴《ふ》かす。トレーサーが草原《そうげん》から垂直上昇《すいちょくじょうしょう》する。

同時《どうじ》にミカコは、八基《き》のミサイルを上空《じょうくう》に向《む》け撃《う》ち放《はな》った。

タルシアンは、赤《あか》いビームを前方《ぜんぽう》を薙《な》ぐように放《はな》ってくる。

赤《あか》いビームの照射《しょうしゃ》に射貫《いぬ》かれ、ミサイル四基《き》があっけなく空中分解《くうちゅうぶんかい》する。

残《のこ》った四基《き》はすぐさま散開《さんかい》し、照射《しょうしゃ》を避《さ》けた。

「当《あ》たって！」

その間《かん》ミカコは、上昇《じょうしょう》するトレーサーの軌道《きどう》を横滑《よこすべ》りさせ、敵《てき》タルシアンの予想通過地点《よそうつうかちてん》へ、バルカン砲《ほう》を叩《たた》き込《こ》んだ。

タルシアン側《がわ》も、じっとはしていなかった。ミサイルを薙《な》ぎ払《はら》ったところで、ビームの矢先《やさき》をトレーサーへ向《む》けてくる。

トレーサーのセンサーがビームに瞬時《しゅんじ》に反応《はんのう》して、電磁《でんじ》バリアを張《は》る。

ビームの到達《とうたつ》とともにバリア面《めん》に、すさまじい光《ひかり》を発《はっ》して稲妻《いなずま》が這《は》い回《まわ》る。

スクリーンの画像《がぞう》が、一瞬《いっしゅん》大《おお》きく歪《ゆが》む。

「大丈夫《だいじょうぶ》、いける！」

初撃《しょげき》を防《ふせ》ぎきった。

ほとんど同高度《どうこうど》まで降下《こうか》してきたタルシアンを振《ふ》り返《かえ》る。

残《のこ》り四基《き》のミサイルを避《よ》け切《き》り、無数《むすう》の砲弾《ほうだん》もかわされてしまった。

「今度《こんど》こそ、当《あ》たって！」

上昇加速《じょうしょうかそく》を止《や》め、ミカコは下方《かほう》へ向《む》け二撃目《げきめ》を放《はな》つ。

タルシアンが上昇《じょうしょう》に転《てん》じる。また、ビームを放《はな》ってくる。

砲弾《ほうだん》の網《あみ》をタルシアンが掠《かす》め抜《ぬ》け、更《さら》に上昇《じょうしょう》してくる。

「当《あ》たった？」

バリアが張《は》られ、すさまじい稲光《いなびかり》に視界《しかい》を失《うしな》う。

視界《しかい》が晴《は》れたとき、タルシアンははるか高《たか》みに上昇《じょうしょう》を終《お》えていた。

警報《けいほう》がまた鳴《な》った。

『軌道上《きどうじょう》、タルシアン群体出現《ぐんたいしゅつげん》！　トレーサー部隊《ぶたい》、地上戦終了後《ちじょうせんしゅうりょうご》、直《ただ》ちに各所属母艦《かくしょぞくぼかん》を援護《えんご》せよ！』

スクリーンに目《め》をやる。

途方《とほう》もない大群《たいぐん》が、マップ上《じょう》に赤《あか》い塊《かたまり》となって存在《そんざい》していた。

アガルタ周回軌道上《しゅうかいきどうじょう》に散開《さんかい》していた各母艦《かくぼかん》が、艦隊決戦《かんたいけっせん》に備《そな》えてリシテア号周辺《ごうしゅうへん》に集結《しゅうけつ》しはじめていた。

「急《いそ》がなくちゃ！」

地上戦《ちじょうせん》マップに目《め》をやる。

戦闘終了《せんとうしゅうりょう》したエリアに、×印《ばつじるし》が打《う》たれていた。敵《てき》と味方《みかた》の被害状況《ひがいじょうきょう》が、無表情《むひょうじょう》な数字《すうじ》となって並《なら》んで表示《ひょうじ》されている。〈トレーサー部隊《ぶたい》――23〉の数字《すうじ》が、見《み》ている間《ま》に24に増加《ぞうか》した。

――これって、みんなやられたってこと？

タルシアン側《がわ》の数字《すうじ》は19。しかも、総個体数《そうこたいすう》は把握《はあく》されていない。

地上戦《ちじょうせん》マップ上《じょう》の赤《あか》い点《てん》は、減《へ》るどころか増《ふ》えているようにすら見《み》える。

地上《ちじょう》にあるどこかの基地《きち》から、続々《ぞくぞく》と支援部隊《しえんぶたい》が送《おく》り込《こ》まれでもしているのだろうか。

「ぐずぐずしてられない！」

ミカコはタルシアンを追《お》って上昇《じょうしょう》した。

低層《ていそう》の綿雲《わたぐも》を突《つ》き抜《ぬ》けると、地上《ちじょう》の様相《ようそう》が眼下《がんか》に一望《いちぼう》できた。

草原《そうげん》、林野《りんや》、中空《ちゅうくう》。
視界《しかい》の利《き》くかぎり、十数箇所《じゅうすうかしょ》で砲煙《ほうえん》が上《あ》がっている。
——こんなのって、ひどい！
いいしれない怒《いか》りがこみ上《あ》げてきた。
——どこが探査隊《たんさたい》なの？　これじゃまるで戦争《せんそう》しに来《き》たみたいじゃない！
ミカコは、全速力《ぜんそくりょく》でタルシアンを追《お》った。
——動《うご》きがおかしい。
タルシアンのスピードが落《お》ちている。
ぐいぐいと追《お》い上《あ》げ、ぴたりと背後《はいご》につける。
銀色《ぎんいろ》の甲羅《こうら》の一部《いちぶ》に、赤黒《あかぐろ》い弾創《だんそう》が認《みと》められた。
——当《あ》たってた。
振《ふ》り切《き》ろうと、タルシアンは急降下《きゅうこうか》をはじめる。
すかさずミカコも、旋回降下《せんかいこうか》した。
背後《はいご》からバルカン砲《ほう》を撃《う》ち込《こ》む。
銀《ぎん》の甲羅《こうら》から突《つ》き出《で》た突起物《とっきぶつ》に当《あ》たり、折《お》れ弾《はじ》ける。

タルシアンはバランスを崩《くず》し、錐揉《きりも》みしながら墜落《ついらく》していく。

――まだ。逃《に》がさない！

ミカコは追《お》った。

湖面《こめん》が眼下《がんか》にひろがる。

墜落寸前《ついらくすんぜん》、タルシアンはバランスを立《た》て直《なお》し、湖面《こめん》を掠《かす》めるようにして水平飛行《すいへいひこう》をはじめた。

上昇《じょうしょう》しようとするが、機首《きしゅ》が上向《うわむ》かない。

湖畔《こはん》にひろがる森《もり》めがけ、タルシアンは突入《とつにゅう》していく。

ばりばりと高木《こうぼく》を薙《な》ぎ倒《たお》し、タルシアンは崩《くず》れるように止《と》まった。

追《お》ってきたミカコは、踏《ふ》みつけるようにして足下《そっか》にタルシアンを組《く》み敷《し》いた。

「ゴメン、止《と》めよ！」

振《ふ》りかざしたビーム・ブレードを、銀色《ぎんいろ》の甲羅《こうら》に突《つ》き立《た》てた。

引《ひ》き抜《ぬ》くと、鮮血《せんけつ》が高々《たかだか》と迸《ほとばし》った。

「急《いそ》がなくちゃ！」

休《やす》む間《ま》もなく、ミカコは飛《と》び立《た》った。

マップ上《じょう》に母艦《ぼかん》リシテアの現在地《げんざいち》を確認《かくにん》し、猛《もう》スピードで上昇《じょうしょう》を続《つづ》ける。

艦隊《かんたい》は結集《けっしゅう》し終《お》え、旗艦《きかん》リシテアを要《かなめ》に、扇《おうぎ》に陣形《じんけい》を組《く》んでいた。

成層圏《せいそうけん》に抜《ぬ》け出《で》ると、マップ上《じょう》ではなく、機《き》載《さい》カメラの映像《えいぞう》として艦隊《かんたい》を捉《とら》えることができた。母艦《ぼかん》へ向《む》けて、地上戦《ちじょうせん》を切《き》り上《あ》げた僚機《りょうき》が続々《ぞくぞく》と集結《しゅうけつ》しはじめていた。

「ミカコ、無事《ぶじ》だったんだね」

スクリーンに割《わ》り込《こ》んできたのはサトミだった。

「あっ、サトミさん。どこ……？」

脇《わき》に小《ちい》さく追《お》いやられたマップ上《じょう》を探《さが》す。

「とっくにリシテアの護衛《ごえい》についてた。運《うん》が良《よ》かったのか、あたしの担当《たんとう》グリッドは襲《おそ》われなかったの」

旗艦《きかん》リシテアを取《と》り囲《かこ》む緑《みどり》の点列《てんれつ》のひとつが

ブリンクして、サトミの居場所《いばしょ》を教《おし》えた。

「みんなは？」

「いまは教《おし》えない。犠牲者《ぎせいしゃ》は顔見知《かおみし》りからも出《で》てる。でも、いまは誰《だれ》って聞《き》かないで。教《おし》えたあたしも、すぐに犠牲者《ぎせいしゃ》のひとりに数《かぞ》えられるようになるかもしれないから。いい。とにかくいまは余計《よけい》なことは考《かんが》えない。戦《たたか》いに集中《しゅうちゅう》。生《い》き延《の》びることだけ考《かんが》えようよ。それで、戦火《せんか》が収《おさ》まってもし生《い》き残《のこ》っていたら、真《ま》っ先《さき》にあたしを呼《よ》んでね」

「サトミさん……」

サトミは笑顔《えがお》を作《つく》ろうとしていたが、目《め》が笑《わら》っていなかった。

「下《した》からも、続々《ぞくぞく》と敵《てき》さんがやって来《く》るよ。忙《いそが》しくなるからね」

サトミの言葉《ことば》どおりマップ上《じょう》に、いくつもの赤《あか》い点《てん》が地上《ちじょう》から上昇《じょうしょう》してくる。

「リシテア、守《まも》らなきゃね」

「うん」

「それじゃ、グッドラック！」

ぎこちなくウインクすると、サトミはスクリーンから消《き》えた。

こんな場所《ばしょ》にいたくなかった。こんな場所《ばしょ》からはすぐにも逃《に》げ出《だ》したかった。

いますぐ地球《ちきゅう》へ飛《と》んで帰《かえ》って、ノボルくんに会《あ》いたかった。
会《あ》って「好《す》きだよ」って告《つ》げたかった。
――どうして言《い》えなかったんだろう。
――中学生《ちゅうがくせい》でいたとき、チャンスはいくらでもあったのに……。
――どうしてこんなことになってしまったんだろう。
いま、言《い》いたい。
好《す》きだって告《つ》げたい。
まだ、生《い》きているいま。
――生《い》きなきゃ。
――思《おも》いが時間《じかん》と空間《くうかん》を超《こ》えて、ノボルくんに届《とど》くまで。
――二十四歳《さい》のノボルくんに、十五のミカコの思《おも》いが届《とど》くまで。
『警告《けいこく》!』
機載《きさい》コンピュータがアラームを発《はっ》し、ミカコは冷酷《れいこく》な現実《げんじつ》に引《ひ》き戻《もど》される。
『下方《かほう》よりタルシアン接近《せっきん》。三機編隊《きへんたい》、距離《きょり》八〇〇』
バルカン砲《ほう》の残弾《ざんだん》をチェックする。

ミサイルも残《のこ》りをチェックする。

「やれるだけ、やるしかない」

ミカコはトレーサーを反転《はんてん》させた。


艦隊決戦《かんたいけっせん》は、静《しず》かに幕《まく》を開《あ》けた。

タルシアンの群体《ぐんたい》は、悠々《ゆうゆう》とした足取《あしど》りで、陣形《じんけい》を組《く》んだ艦隊《かんたい》へ接近《せっきん》してきた。

大《だい》タルシアンは、コスモナートをひとまわり小《ちい》さくしたサイズ。紡錘形《ぼうすいけい》を平《ひら》べったくした外観《がいかん》は、コスモナートによく似《に》ている。表面《ひょうめん》はタルシアンの甲羅《こうら》に似《に》た銀《ぎん》の輝《かがや》きを放《はな》ち、棘状《とげじょう》の突起《とっき》が不揃《ふぞろ》いに生《は》え出《で》ている。

大《だい》タルシアンは、その数《かず》五十近《ちか》くに及《およ》んでいた。

すべての大《だい》タルシアンが、鼻先《はなさき》を艦隊《かんたい》に向《む》け、ゆっくりと間合《まあ》いを詰《つ》めてくる。

有効射程《ゆうこうしゃてい》に、相手《あいて》を誘《おび》き寄《よ》せようとするかのようにゆっくり。

距離《きょり》を十分《じゅうぶん》に詰《つ》めたところで、大《だい》タルシアンに張《は》りついていた単体《たんたい》タルシアンが、いっせいに分離《ぶんり》して周辺《しゅうへん》に散開《さんかい》した。

艦隊側《かんたいがわ》は、これに対抗《たいこう》して、艦内待機《かんないたいき》させておいたトレーサー隊《たい》を、一気《いっき》に戦《たたか》いの場《ば》へ放出《ほうしゅつ》した。

すさまじい空中戦《くうちゅうせん》が、両陣《りょうじん》の周辺《しゅうへん》で開始《かいし》された。

その数《かず》の優位性《ゆういせい》をそのまま戦況《せんきょう》に反映《はんえい》したかたちで、タルシアン側《がわ》が序盤《じょばん》から優勢《ゆうせい》にたった。

トレーサー隊《たい》はもっぱら母艦《ぼかん》を背《せ》に、守勢《しゅせい》にたった戦《たたか》いを余儀《よぎ》なくされた。

単体《たんたい》タルシアンが、けっして優位《ゆうい》な武器《ぶき》を備《そな》えているわけではない。単体《たんたい》タルシアンは、赤《あか》いビームのみで闘《たたか》っている。トレーサーに備《そな》わった電磁《でんじ》バリアが有効《ゆうこう》な盾《たて》となるのだが、立《た》て続《つづ》けに攻撃《こうげき》を受《う》けると、バリアは破《やぶ》られてしまう。

複数《ふくすう》のタルシアンに取《と》り囲《かこ》まれ、ビームの集中照射《しゅうちゅうしょうしゃ》を浴《あ》び、トレーサーがひとつまたひとつと、暗黒《あんこく》の海《うみ》に沈《しず》んでいった。

タルシアン側《がわ》の優位《ゆうい》が動《うご》かないまま、双方《そうほう》の消耗《しょうもう》がじりじりと続《つづ》いた。

装備《そうび》した砲弾《ほうだん》を撃《う》ち尽《つ》くしたトレーサーは、補給《ほきゅう》を受《う》けにいったん回収《かいしゅう》ゲートへと退却《たいきゃく》した。しかし、その補給交替《ほきゅうこうたい》も次第《しだい》に困難《こんなん》になっていった。ゲートを守《まも》るトレーサーを確保《かくほ》するのが困《こん》難《なん》になってきたからだ。

総力戦《そうりょくせん》の開始《かいし》から一時間《じかん》が経過《けいか》し、補給交替《ほきゅうこうたい》を取《と》る余裕《よゆう》は、まったくなくなってしまった。最《さい》後《ご》の補給《ほきゅう》を一巡《じゅん》させ、回収《かいしゅう》ゲートは戦闘不能《せんとうふのう》となったトレーサーの引《ひ》き上《あ》げのみに使用《しよう》されることになった。

ミカコは最後《さいご》の補給《ほきゅう》を行《おこな》った。

姿勢制御《しせいせいぎょ》のガスカートリッジ、砲弾《ほうだん》、ミサイル、急速《きゅうそく》バッテリーチャージ。それらの交換補給《こうかんほきゅう》を手際《てぎわ》よく済《す》ませ、休《やす》む間《ま》もなくカタパルトから艦外《かんがい》へと飛《と》び出《だ》した。

射出《しゃしゅつ》される瞬間《しゅんかん》、嘔吐《おうと》しそうになり思《おも》わず顔《かお》を歪《ゆが》めてしまった。

襟《えり》に手《て》をかけ制服《せいふく》のネクタイを弛《ゆる》めた。息《いき》が苦《くる》しかった。極度《きょくど》の緊張《きんちょう》の連続《れんぞく》で、うまく呼吸《こきゅう》ができなくなっていた。吸《す》っても吸《す》っても酸素《さんそ》が肺《はい》に行《い》き届《とど》かない。

「あと、どれだけ？」

見回《みまわ》した。

銀色《ぎんいろ》の甲羅《こうら》がうようよいた。

倒《たお》したタルシアンの数《かず》を、十までは数《かぞ》えていた。その先《さき》はもう覚《おぼ》えていない。まだ、二十は超《こ》えていないはずだ。

とっくにエース級《きゅう》の働《はたら》きをした。

しかし、ミカコひとりががんばっても、どうなるものでもない。

すこしも減《へ》ったように見《み》えないタルシアンの頭数《あたまかず》に、ミカコは無力感《むりょくかん》を覚《おぼ》えた。

終《お》わりのない闘《たたか》い。いや、終《お》わりは確実《かくじつ》に近《ちか》づいている。最後《さいご》の補給《ほきゅう》と決《き》めた砲弾《ほうだん》を、すべて使《つか》い終《お》わったときがミカコの闘《たたか》いの終《お》わりだった。

――総司令官《そうしれいかん》、こんどは逃《に》げないの？

もう、ショートカット・アンカーも、自力《じりき》のハイパードライブも使《つか》えないことは、ミカコにもわかっていた。どこにも逃《に》げ場《ば》はなかったし、誰《だれ》も救《たす》けに来《き》てくれはしない。

――闘《たたか》って、最後《さいご》まで闘《たたか》って、人類《じんるい》の誇《ほこ》りをタルシアンに見《み》せつけてやるの？

わからなかった。司令官《しれいかん》がなにを考《かんが》えているのか。

わからなかった。いったいこんな闘《たたか》いになんの意味《いみ》があるのか。

ミカコは飛《と》び出《だ》した。

リシテアを守《まも》るトレーサーの数《かず》は、もう五十を切《き》るほどに激減《げきげん》している。おそらく、他《ほか》の艦船《かんせん》も似《に》たような状況《じょうきょう》だろう。

ミカコは、リシテアを離《はな》れ、闘《たたか》いの最前列《さいぜんれつ》へと躍《おど》り出《で》た。

タルシアンが束《たば》になって襲《おそ》いかかってくる。

ミサイルを、バルカンを叩《たた》きつけ、すぐさま離脱《りだつ》する。

リシテアへ向《む》け反転《はんてん》したとたん、星空《ほしぞら》がすさまじい光《ひかり》で覆《おお》われた。

対峙《たいじ》していた母艦《ぼかん》と大《だい》タルシアンが、主砲《しゅほう》を撃《う》ち合《あ》ったのだ。

ミカコは闘《たたか》いを忘《わす》れて、その光景《こうけい》に見入《みい》ってしまった。

タルシアン側《がわ》の最前列《さいぜんれつ》と、艦隊《かんたい》の九隻《せき》の母艦《ぼかん》とがほぼ一対《たい》一に向《む》き合《あ》って、互《たが》いに高出力《こうしゅつりょく》のビームを撃《う》ち合《あ》っていた。タルシアン側《がわ》が放《はな》つ赤《あか》いビームと、艦隊《かんたい》が放《はな》つ青《あお》いビームとが中途《ちゅうと》で激《げき》突《とつ》し、盛大《せいだい》にスパークしている。まるで力比《ちからくら》べでもしているかのように両者《りょうしゃ》が放《はな》つビームは、一《いっ》歩《ぽ》も相手《あいて》に進路《しんろ》を譲《ゆず》ろうとしない。

ビームを放《はな》ち続《つづ》けながら、大《だい》タルシアンの船団《せんだん》はスクラムを組《く》むようにして艦隊側《かんたいがわ》へ迫《せま》ってくる。両陣《りょうじん》の距離《きょり》が、みるみる縮《ちぢ》まっていく。

——どうなるの？

タルシアン側《がわ》はなにをしようとしているのか？

照射距離《しょうしゃきょり》を詰《つ》め、ビームの出力《しゅつりょく》ロスを最低限《さいていげん》に留《とど》めようとでもいうのか？

信《しん》じられない光景《こうけい》が目前《もくぜん》に展開《てんかい》されようとしていた。タルシアン側《がわ》は限《かぎ》りなくゼロに近《ちか》い距離《きょり》まで接近《せっきん》を続《つづ》けた。遠目《とおめ》に見《み》ると、敵味方《てきみかた》が艦《かん》の鼻《はな》っ面《つら》を突《つ》き合《あ》わせ、合体《がったい》してしまったかのようだ。互《たが》いの放《はな》ったビームが、相手《あいて》を包《つつ》み込《こ》むように表面《ひょうめん》を這《は》い回《まわ》る。

恐《おそ》ろしい光景《こうけい》だった。

もうこうなっては互《たが》いに身動《みうご》きがとれないし、別《べつ》な艦《かん》が脇間《わきま》から接近《せっきん》することもできない。先《さき》に力尽《ちからつ》きたほうが致命的《ちめいてき》なダメージを受《う》けることになるだろう。

最初《さいしょ》に音《ね》をあげたのは、タルシアン側《がわ》の一体《たい》だった。

巨体全面《きょたいぜんめん》が閃光《せんこう》を放《はな》ち眩《まぶ》しいくらいに輝《かがや》くと、一瞬空気《いっしゅんくうき》を吹《ふ》き込《こ》まれたゴム風船《ふうせん》のように膨《ふく》れ上《あ》がり、いくつもの光《ひかり》の粒《つぶ》となって闇《やみ》の中《なか》に弾《はじ》け飛《と》んだ。

すぐまた別《べつ》な衝突場所《しょうとつばしょ》で、大《だい》タルシアンが破裂《はれつ》を起《お》こした。

——すごい。艦隊《かんたい》が勝《か》ってる！

しかし、バスの空席《くうせき》を埋《う》めるようにして、タルシアン側《がわ》は背後《はいご》で出番《でばん》を待《ま》っていた大《だい》タルシアンを繰《く》り出《だ》してきた。タルシアン側《がわ》は、控《ひか》えをまだいくらでも補充《ほじゅう》できる。恐《おそ》ろしい消耗戦《しょうもうせん》だった。根負《こんま》けしたら、母艦《ぼかん》まるごと一隻《せき》、消滅《しょうめつ》してしまうのだ。

捨《す》て身《み》の攻撃《こうげき》だった。

だが、タルシアン側《がわ》がそうまでしなければならない理由《りゆう》はどこにある？

大《だい》タルシアンが、立《た》て続《つづ》けに消滅《しょうめつ》していく。このままで闘《たたか》いが推移《すいい》すれば、艦隊側《かんたいがわ》に逆転勝利《ぎゃくてんしょうり》の可能性《かのうせい》が出《で》てくる。

——勝《か》てるかもしれない！

絶望視《ぜつぼうし》していたこの闘《たたか》いに、逆転勝利《ぎゃくてんしょうり》の可能性《かのうせい》がほの見《み》えてきた。

——よし、あとはリシテアさえ守《まも》り抜《ぬ》けばいい。

ミカコはまた、最前線《さいぜんせん》に躍《おど》り出《で》た。

手《て》こずったあげくようやく二体《たい》を沈《しず》め離脱《りだつ》してくると、様相《ようそう》が一変《いっぺん》していた。

タルシアン側《がわ》の控《ひか》えが、もうあと数隻余《すうせきあま》すのみとなっていた。それはいいとして、艦隊側《かんたいがわ》の様子《ようす》がおかしかった。

白《しろ》いはずのコスモナートの表面《ひょうめん》が、どの艦《かん》も真《ま》っ赤《か》に灼熱《しゃくねつ》しているのだ。耐熱装甲《たいねつそうこう》が、限界《げんかい》に達《たっ》しようとしていた。

——お願《ねが》い、耐《た》えて！

ミカコの祈《いの》りは届《とど》かなかった。

コスモナートの一隻《せき》が、ついに融解《ゆうかい》しはじめた。

表面《ひょうめん》の耐熱装甲《たいねつそうこう》が融解剥離《ゆうかいはくり》し、一瞬炎《いっしゅんほのお》を噴《ふ》き上《あ》げたかと思《おも》うと、烈光《れっこう》を迸《ほとばし》らせすさまじい勢《いきお》いで爆裂《ばくれつ》が起《お》こった。

「あっ、沈《しず》んでいく」

悪夢《あくむ》の連鎖《れんさ》が起《お》こった。

すでに臨界《りんかい》に達《たっ》していた隣接艦《りんせつかん》が、飛散《ひさん》した裂片《れっぺん》を浴《あ》びて誘爆《ゆうばく》を起《お》こした。

「あっ、艦隊《かんたい》が、全部《ぜんぶ》沈《しず》んでいく」

一列《れつ》に並《なら》んだ艦隊《かんたい》が、ドミノ倒《たお》しのように順次《じゅんじ》弾《はじ》け飛《と》び、すべてが崩壊《ほうかい》し消滅《しょうめつ》してしまうまで、一分《ぷん》とかからなかった。

光《ひかり》の洪水《こうずい》が止《や》んだとき、静寂《せいじゃく》の空間《くうかん》に生《い》き残《のこ》っていたのは、敵方《てきかた》一体《たい》の大《だい》タルシアンと、無傷《むきず》で後方《こうほう》に構《かま》えていたリシテアのみだった。

旗艦《きかん》リシテアが、前衛《ぜんえい》を失《うしな》い裸《はだか》で相手《あいて》と向《む》かい合《あ》っていた。

大《だい》タルシアンが、躊躇《ちゅうちょ》なく進《すす》み出《で》てきた。

愚直《ぐちょく》に同《おな》じ攻撃《こうげき》を仕掛《しか》けてくるはずだ。

——リシテアもやられてしまう。

——ダメ。もう十分《じゅうぶん》だよ。もう、たくさん。みんな死《し》んじゃうよ！

ミカコは泣《な》いていた。

泣《な》きながらリシテアに接近《せっきん》していった。

——わたしがリシテアを守《まも》る！

リシテアの上部甲板面《じょうぶかんぱんめん》に躍《おど》り出《で》たミカコは、真正面《ましょうめん》から接近《せっきん》してくる大《だい》タルシアンを見据《みす》えて正対《せいたい》した。

涙《なみだ》を拭《ぬぐ》い、息《いき》を整《ととの》えて待《ま》った。

リシテアが、左右舷側《さゆうげんそく》に並《なら》んだビーム砲《ほう》の砲塔《ほうとう》を迫《せ》り出《だ》した。

ほぼ同時《どうじ》だった。リシテアが全門《ぜんもん》いっせいにビームを放《はな》ち、大《だい》タルシアンもまたビームを放《はな》った。


ミカコはブースターを噴《ふ》かせた。

最後《さいご》の大《だい》タルシアンめがけて猛《もう》スピードで突進《とっしん》していった。

ミカコの突撃《とつげき》を察知《さっち》し、単体《たんたい》のタルシアンが次々《つぎつぎ》と進路《しんろ》に立《た》ちはだかってきた。

ミカコはありったけのミサイルと砲弾《ほうだん》を撃《う》ち込《こ》み、目前《もくぜん》の敵《てき》を薙《な》ぎ払《はら》っていった。

大《だい》タルシアンからのビーム波《は》を掻《か》い潜《くぐ》り、ミサイルと砲弾《ほうだん》で撃《う》ちもらした単体《たんたい》タルシアンもすべてブレードで仕留《しと》め、ミカコは驚異的《きょういてき》な運動能力《うんどうのうりょく》と反射神経《はんしゃしんけい》を発揮《はっき》して大《だい》タルシアンに迫《せま》った。

しかし、ミカコがまったく無傷《むきず》だったわけではない。

敵《てき》の応戦《おうせん》も熾烈《しれつ》を極《きわ》めていた。立《た》ち塞《ふさ》がる単体《たんたい》タルシアンのビームを何度《なんど》も浴《あ》び、ついにバリアを破《やぶ》られた。次《つぎ》の瞬間《しゅんかん》、片腕《かたうで》をもぎ取《と》られていた。

バランスを崩《くず》しスピンアウトしそうになったが、空《から》になったミサイルランチャーを片側脱離《かたがわだつり》し立《た》て直《なお》した。姿勢制御《しせいせいぎょ》用《よう》ガスカートリッジの残量《ざんりょう》がわずかになった。

——もういらない。

使《つか》い果《は》たした電磁《でんじ》バリア用《よう》のバッテリーパックも捨《す》てた。

いらなくなったものを次々《つぎつぎ》と捨《す》て去《さ》り、身軽《みがる》になって制御《せいぎょ》の負担《ふたん》を軽《かる》くした。

大《だい》タルシアンの鼻先《はなさき》が目前《もくぜん》に迫《せま》った。

もう行《ゆ》く手《て》を邪魔《じゃま》する者《もの》は誰《だれ》もいない。

正面《しょうめん》スクリーンと機載《きさい》コンピュータの電源《でんげん》だけを残《のこ》し、ミカコは機内《きない》の電源《でんげん》スイッチを片《かた》っ端《ぱし》からオフにしていった。

一瞬《いっしゅん》の静寂《せいじゃく》。

ブース内《ない》が闇《やみ》に包《つつ》まれた。

——いま！

最大出力《さいだいしゅつりょく》を放出《ほうしゅつ》し、ビーム・ブレードを最大長《さいだいちょう》に抜《ぬ》いた。

鼻先《はなさき》にブレードを押《お》し当《あ》て、ブースターを最大《さいだい》に噴《ふ》かし込《こ》み、大《だい》タルシアンの銀色《ぎんいろ》の背《せ》を切《き》り裂《さ》いていった。

尻尾《しっぽ》の噴射口《ふんしゃこう》まで、縦一文字《たていちもんじ》に巨大《きょだい》な体《からだ》を切断《せつだん》し終《お》えたところで、ブースターの燃料《ねんりょう》が尽《つ》きた。

ブレードに供給《きょうきゅう》した電力《でんりょく》も使《つか》い切《き》ってしまった。

トレーサーは、ただ慣性《かんせい》のみで、大《だい》タルシアンから離脱《りだつ》していった。

背後《はいご》に爆発《ばくはつ》が起《お》こった。大《だい》タルシアン最後《さいご》の一体《たい》が消滅《しょうめつ》した瞬間《しゅんかん》だった。

攻撃《こうげき》も防御《ぼうぎょ》も移動《いどう》も、ほとんどすべての機能《きのう》を失《うしな》ったトレーサーは、片腕《かたうで》を失《うしな》った痛々《いたいた》しい姿《すがた》をさらして、宇宙《うちゅう》を淋《さび》しく漂《ただよ》った。

ミカコはぐったりとシートにもたれかかり、目《め》を閉《と》じた。

——ノボルくん。ミカコは生《い》き残《のこ》ったよ。

閉《と》じた瞼《まぶた》から、涙《なみだ》があふれ落《お》ちた。

2056年《ねん》3月《がつ》 さいたま航宙自衛隊基地《こうちゅうじえいたいきち》

ぼくは、タクシーの中《なか》で混乱《こんらん》していた。

あらゆる意味《いみ》で混乱《こんらん》していた。

夜中《よなか》に呼《よ》び出《だ》されたことに。

艦隊勤務《かんたいきんむ》は、まだずっと先《さき》なのにってことに。

せっかく帰《かえ》ってきたばっかりなのにと、家族《かぞく》にぶーぶーいわれたことに。

それに、行先《いきさき》が都内《とない》にある国連宇宙軍日本支部事務局《こくれんうちゅうぐんにほんしぶじむきょく》じゃなくて、さいたま航宙自衛隊基地《こうちゅうじえいたいきち》だってことに。

そしてなにより、番組中《ばんぐみちゅう》に流《なが》れた速報《そくほう》ニュースに。

シリウスで戦闘《せんとう》があったのだという。リシテア艦隊《かんたい》とタルシアンの軍団《ぐんだん》が、全面衝突《ぜんめんしょうとつ》したのだという。結果《けっか》、リシテア艦隊《かんたい》は勝利《しょうり》を収《おさ》めたが、多数《たすう》の犠牲者《ぎせいしゃ》も出《で》たという。

惑星《わくせい》アガルタからの第《だい》一報《ぽう》で、情報《じょうほう》は錯綜《さくそう》していた。

詳細《しょうさい》な情報《じょうほう》を知《し》りたくて、ニュース番組《ばんぐみ》をつけっぱなしにしているところに呼《よ》び出《だ》しがかかった。タクシーの中《なか》でもラジオのニュースに耳《みみ》を傾《かたむ》けた。

多数《たすう》の犠牲者《ぎせいしゃ》ってところがなにより気《き》がかりだったが、続報《ぞくほう》が入《はい》り艦船《かんせん》のうちリシテアのみが無事《ぶじ》で、残《のこ》りの九隻《せき》は消滅《しょうめつ》してしまったらしいということになり、一気《いっき》に気分《きぶん》は落《お》ち込《こ》んでしまった。

昼間《ひるま》、長峰《ながみね》からのメールが届《とど》いたばっかりだったというのに。

公式《こうしき》な生存者名《せいぞんしゃめい》は、まだ発表《はっぴょう》されていない。そもそも、選抜《せんばつ》メンバー自体《じたい》が公表《こうひょう》されなかったのだから、仮《かり》に国連宇宙軍《こくれんうちゅうぐん》には伝《つた》わっていたにしても、一般公開《いっぱんこうかい》はされないのかもしれない。ただ、生《い》き残《のこ》った隊員《たいいん》が各自《かくじ》打《う》ったメールから、情報《じょうほう》は得《え》られる。

そうやって各《かく》メディアは独自《どくじ》の調査《ちょうさ》で生存者名簿《せいぞんしゃめいぼ》を発表《はっぴょう》しはじめていた。

耳《みみ》をすませて聞《き》き入《い》ったがミカコの名前《なまえ》はまだなかった。

携帯《けいたい》が鳴《な》らないのも気《き》がかりだった。

ただし、ミカコの母艦《ぼかん》がリシテアだったことが、いくらか気休《きやす》めになっていた。

基地《きち》に到着《とうちゃく》すると、本部棟《ほんぶとう》に案内《あんない》された。

ここもまた、混乱《こんらん》している様子《ようす》で、呼《よ》び出《だ》しを受《う》けた職員《しょくいん》たちが右往左往《うおうさおう》していた。

会議室《かいぎしつ》のようなところに連《つ》れていかれた。二十人近《にんちか》い人数《にんずう》の職員《しょくいん》が書類《しょるい》を持《も》ってあっちのテーブルこっちのテーブルと駆《か》け回《まわ》っていた。ここに、情報《じょうほう》が集積《しゅうせき》されているらしいことはわかった。

ぼくは、不安《ふあん》を抱《かか》えたまま隅《すみ》のほうでおとなしくしていた。

それにしても、呼《よ》び出《だ》したのは誰《だれ》なんだ。

職員《しょくいん》たちの口《くち》から飛《と》び出《だ》す言葉《ことば》に耳《みみ》を傾《かたむ》けていると、どうやら救助《きゅうじょ》に向《む》かうということらしい。国連宇宙軍《こくれんうちゅうぐん》がリシテアからの要請《ようせい》に呼応《こおう》して、緊急《きんきゅう》の救助隊《きゅうじょたい》を派遣《はけん》することになった様子《ようす》だ。

だけど待《ま》てよと思《おも》った。

情報《じょうほう》が届《とど》いたのは今《いま》でも、戦闘《せんとう》が起《お》こったのは八年七ヶ月前《ねんかげつまえ》のことだ。いまさら救助隊《きゅうじょたい》を派遣《はけん》したって、遅《おそ》すぎる。助《たす》かる者《もの》も助《たす》からない。

ただ、よくよく話《はなし》を聞《き》いていると、救助《きゅうじょ》が有効《ゆうこう》なケースも考《かんが》えられることがわかった。

リシテアが航行不能状態《こうこうふのうじょうたい》に陥《おちい》っていて、リシテア内《ない》、もしくは衛星《えいせい》アガルタ上《じょう》で生存者《せいぞんしゃ》がサバイバル生活《せいかつ》を送《おく》っている場合《ばあい》。あとは、航行《こうこう》は可能《かのう》だが亜光速《あこうそく》エンジンにトラブルがあり、太陽系《たいようけい》まで到達《とうたつ》できないでいる場合《ばあい》。

しかし、いずれにしろ、情報《じょうほう》を確定《かくてい》させないことには、身動《みうご》きが取《と》れない。

情報《じょうほう》が整理《せいり》されはじめたのは、夜中《よなか》の三時《じ》を過《す》ぎたころだった。

そのころになってようやく、呼《よ》び寄《よ》せた本人《ほんにん》もぼくを呼《よ》び寄《よ》せたことを思《おも》い出《だ》す余裕《よゆう》を取《と》り戻《もど》したようだ。

「やあ、艦隊勤務《かんたいきんむ》が決《き》まってる寺尾昇《てらおのぼる》くんだね」

話《はな》しかけてきた中年男《ちゅうねんおとこ》は、黒《くろ》い服《ふく》を着《き》ていた。

ひょっとしたら、ミカコの話《はなし》に出《で》てきたエージェントさんかなって思《おも》った。

思《おも》っていたとおり、救助隊《きゅうじょたい》の一員《いちいん》として勤務《きんむ》についてほしいということだった。

「それで？」

と行先《いきさき》を聞《き》くと、まだ確定《かくてい》してないけれど、とにかく月面《げつめん》のベースキャンプから出発《しゅっぱつ》することになるから、うちのシャトルに乗《の》ってすぐにでも向《む》かってくれと。

どうして行先《いきさき》がわからないのかと尋《たず》ねると、困《こま》ったような顔《かお》をした。

「シリウスからの電波《でんぱ》の状態《じょうたい》が良《よ》くないんだ。リシテアが亜光速航行《あこうそくこうこう》で帰還《きかん》の途《と》についたことは確《たし》からしいんだけど、ノイズによる虫食《むしく》い状態《じょうたい》でかんじんの向《む》かってる先《さき》がわからないんだ……」

「でも、太陽系内《たいようけいない》だったら、だいたい各衛星《かくえいせい》に基地《きち》があるでしょう」そう聞《き》くと、

「そうなら心配《しんぱい》はしていない。最悪《さいあく》のケースを想定《そうてい》しての派遣《はけん》だよ」と、わかったようなわからないような返事《へんじ》。

「じゃあ、次《つぎ》の連絡《れんらく》を待《ま》てばいいじゃないですか」と聞《き》くと、

「もうリシテアは出発《しゅっぱつ》してるんだよ。亜光速航行《あこうそくこうこう》に入《はい》ったら通信不能《つうしんふのう》になってしまうってことを大学《だいがく》で習《なら》わなかったのかね。たしかきみは通信技師《つうしんぎし》として艦隊勤務《かんたいきんむ》につくはずだったんじゃなかったかね」と。やぶへびだった。

どこへ向《む》かっていいのかもわからないなんて、救助《きゅうじょ》になるんだろうか？

とにかく、ぼくは急遽《きゅうきょ》、月面基地《げつめんきち》へ向《む》かうことになった。

追《お》い立《た》てられるように、発射台《はっしゃだい》へ向《む》かうワゴン車《しゃ》に押《お》し込《こ》まれた。

そのとき、たったひとつの手荷物《てにもつ》だった携帯《けいたい》が鳴《な》った。

長峰《ながみね》からのメールだった。

２０４７年《ねん》９月《がつ》 リシテア

ざわざわとした喧騒《けんそう》に起《お》こされ、ミカコは目《め》を覚《さ》ました。

周囲《しゅうい》は明《あか》るかった。トレーサーのブース内《ない》でないことは確《たし》かだった。

「あ、起《お》きたのね。いいよいいよ、じっとしてて。特《とく》に外傷《がいしょう》とかなかったから。もちろん起《お》きてもかまわないんだけどね」

ベッドの傍《かたわ》らにいたサトミが話《はな》しかけた。

「あ、サトミさん。無事《ぶじ》だったのね」

周囲《しゅうい》に目《め》をやりながらミカコはいった。リシテア艦内《かんない》、メディカルルームにいるらしい。簡易《かんい》ベッドがいくつも並《なら》べられている。

「なに寝《ね》ぼけたこといってるのよ。無事《ぶじ》に決《き》まってるでしょ。でなきゃ、誰《だれ》があんたのトレーサーを回収《かいしゅう》したっていうのよ」

「そうだったかしら。よく、覚《おぼ》えていなくて」

「医療《いりょう》スタッフに打《う》ってもらった、精神安定剤《せいしんあんていざい》が効《き》きすぎたのかしら。でも、ちゃんと約束守《やくそくまも》ってくれたね。ありがとう」

「約束《やくそく》って……？」

きょとんとした顔《かお》で聞《き》いてくる。

「いやだ、それも覚《おぼ》えてないの。ほら、無事《ぶじ》だったら真《ま》っ先《さき》に連絡《れんらく》するって。ほんと、心配《しんぱい》だったんだよ。スクリーン上《じょう》ではあんたの動《うご》きは把握《はあく》してたんだけど、突撃《とつげき》かけたあといくら呼《よ》びかけても応答《おうとう》なかったでしょ。ほんと、気《き》をもんだよ」

「そう、バッテリー確保《かくほ》するのに、通信回路《つうしんかいろ》も遮断《しゃだん》してたから……。でも、ほんとうに終《お》わったのね。まだ、単体《たんたい》のタルシアンが残《のこ》ってたから、心配《しんぱい》だったんだけど」

「回収《かいしゅう》しに行《い》ったときには気失《きうしな》ってたから、なにも知《し》らないのは無理《むり》ないけど、おかげさまで最後《さい》《ご》のでかいやつがやられたとたんに、みんな尻尾《しっぽ》を巻《ま》いてどっかへ消《き》えていったわ。とにかく、ミカコには感謝《かんしゃ》しないとね。それに、生《い》き残《のこ》れたことだけでも……」

サトミはそういうと唇《くちびる》をぎゅっと噛《か》んだ。

「リシテアを守《まも》ってくれて、ありがとう。あれでリシテアまでやられてたら、目《め》もあてられなかったね。あとは、ロビンソン・クルーソーみたいに、アガルタでサバイバル生活《せいかつ》しながら地球《ちきゅう》からの救助《きゅうじょ》を待《ま》つしかなかったものね」

サトミは、ミカコの手《て》をぎゅっと握《にぎ》りしめた。

「わたしはただ、自分《じぶん》が生《い》き残《のこ》りたかっただけ。何人《なんにん》くらい生《い》き残《のこ》れたの？」

「操艦《そうかん》クルーで助《たす》かったのは、もちろんリシテアの面々《めんめん》だけ。トレーサー乗《の》りは、他《ほか》の艦《かん》の分《ぶん》も全員回収《ぜんいんかいしゅう》したから、百七十二名《めい》。予備《よび》のガレージも含《ふく》めて百三十までしかトレーサーの収納《しゅうのう》スペースがなかったから、もったいないけど破損状態《はそんじょうたい》のひどいものから廃棄《はいき》しちゃったけどね。当然《とうぜん》、あんたの愛機《あいき》もだけど……」

約《やく》千人《にん》いたオペレーターが、百七十二人《にん》に。

その激減《げきげん》ぶりに、ミカコはあらためて戦禍《せんか》の甚大《じんだい》さを思《おも》い知《し》らされた。

「わたしたち、これからどうなるの？」

「さあ、それは総司令官《そうしれいかん》が決《き》めることだけど、たぶん、あの人《ひと》の判断《はんだん》でいったん退却《たいきゃく》することになるんでしょうね。任務《にんむ》は完了《かんりょう》していないけど、こんな状況《じょうきょう》じゃ、これ以上探索《いじょうたんさく》の旅《たび》を続《つづ》けるのは無理《むり》でしょう。それに、今度《こんど》また彼《かれ》らと出会《であ》ったら、同《おな》じことの繰《く》り返《かえ》しになっちゃうからね。今度戦《こんどたたか》ったら、それこそ全滅間違《ぜんめつまちが》いなしね」

「じゃ、帰《かえ》れるかな……？」

希望《きぼう》の芽吹《めぶ》きに触《ふ》れ、ミカコは急《きゅう》に声《こえ》を弾《はず》ませた。

「たぶん、それしかないでしょ」

サトミは肩《かた》をすくめてみせた。


ロコモフ総司令官自《そうしれいかんみずか》ら選抜《せんばつ》メンバーの前《まえ》に姿《すがた》を現《あらわ》したのは、異例《いれい》のことだった。

ランチルームが説明会場《せつめいかいじょう》に選《えら》ばれたのだが、他艦所属《たかんしょぞく》のオペレーターも加《くわ》わったために手狭《てぜま》となってしまい、テーブルはすべて片付《かたづ》けられていた。それでも人数分《にんずうぶん》の椅子《いす》が並《なら》びきらず、立《た》ち見《み》の者《もの》も多数出《たすうで》ている。

メディカルルームにいる負傷者《ふしょうしゃ》を除《のぞ》いて、ほとんどのオペレーターが出席《しゅっせき》していた。

ミカコもサトミに付《つ》き添《そ》われて参加《さんか》していた。見知《みし》らぬ顔《かお》の方《ほう》が多《おお》かった。雑多《ざった》な国籍《こくせき》の雑多《ざった》な人種《じんしゅ》の若《わか》い女性《じょせい》たち。戦《たたか》いの疲労感《ひろうかん》と多《おお》くの仲間《なかま》を失《うしな》ってしまった悲《かな》しみで、みな一様《いちよう》に沈《しず》み切《き》った暗《くら》い表情《ひょうじょう》をしていた。

「まず、今回《こんかい》の闘《たたか》いで、尊《とうと》い命《いのち》を落《お》とされた隊員《たいいん》の方々《かたがた》の、ご冥福《めいふく》をお祈《いの》り申《もう》し上《あ》げます」

ロコモフ司令官《しれいかん》は会場《かいじょう》を見渡《みわた》し、日本語《にほんご》でそう切《き》り出《だ》した。

「また、闘《たたか》いに加《くわ》わったみなさんのご健闘《けんとう》にも感謝《かんしゃ》します。みんなよく闘《たたか》ってくれました。みなさんの奮闘《ふんとう》の結果《けっか》、艦隊《かんたい》は勝利《しょうり》を勝《か》ち取《と》ることができました」

ぱらぱらと、冷《さ》めた拍手《はくしゅ》がまばらに起《お》こった。

「しかしながら、艦隊《かんたい》は多大《ただい》な犠牲《ぎせい》を払《はら》うことになりました。残念《ざんねん》ながら、艦隊任務《かんたいにんむ》を維持継続《いじけいぞく》することは極《きわ》めて困難《こんなん》となりました。わたしは、艦隊総司令官《かんたいそうしれいかん》の権限《けんげん》をもって、すみやかな退却《たいきゃく》を決意《けつい》しました」

盛大《せいだい》な拍手《はくしゅ》と歓声《かんせい》が上《あ》がり、ランチルームは喧騒《けんそう》に包《つつ》まれた。

ミカコとサトミも、手《て》をとりあって喜《よろこ》んだ。

「負傷者《ふしょうしゃ》のなかには、一刻《いっこく》を争《あらそ》う重篤者《じゅうとくしゃ》もいます。直《ただ》ちに地球《ちきゅう》へ向《む》けリシテア号《ごう》は帰還《きかん》します。しかし、帰《かえ》りの旅《たび》は長期間《ちょうきかん》にわたることになる。今回《こんかい》の戦闘《せんとう》で、リシテアも軽微《けいび》ながら損傷《そんしょう》を受《う》けている。艦体《かんたい》に負担《ふたん》をかける航法《こうほう》は避《さ》けなければならない。そこで、地球《ちきゅう》に救援《きゅうえん》を求《もと》めることにした。我々《われわれ》は、地球《ちきゅう》に救援《きゅうえん》の信号《しんごう》が届《とど》く八年《ねん》七ヶ月《かげつ》の時間《じかん》をめいっぱいに使《つか》って、地球《ちきゅう》へ向《む》けての移動《いどう》を試《こころ》みる。航法《こうほう》コンピュータの支援《しえん》で、シリウスと地球《ちきゅう》を結《むす》ぶ線上《せんじょう》にあるアンカー・ポイント〈シリウスラインα《アルファ》〉まで到達《とうたつ》できることが確認《かくにん》されている。〈シリウスラインα《アルファ》〉は地《ち》球《きゅう》から二・一光年《こうねん》の距離《きょり》にある。従《したが》って、我々《われわれ》は六・五光年《こうねん》を八年《ねん》七ヶ月《かげつ》かけて旅《たび》することになる。なお、相対論的効果《そうたいろんてきこうか》により、亜光速航法中《あこうそくこうほうちゅう》の艦内経過時間《かんないけいかじかん》は、加速《かそく》・減速期間《げんそくきかん》も含《ふく》めた約《やく》四年《ねん》。出発《しゅっぱつ》は三時間後《じかんご》。我々《われわれ》クルーは直《ただ》ちに航法準備《こうほうじゅんび》にかかる。きみたちは出発《しゅっぱつ》まで自由《じゆう》に過《す》ごしてかまわない。では……」

■　■　■

ロコモフ司令官《しれいかん》は用件《ようけん》だけを言《い》い残《のこ》し、気《き》ぜわしげにランチルームを去《さ》っていった。

二十四歳《さい》のノボルくん。

十五歳《さい》のミカコだよ。

きっと、アガルタでの会戦《かいせん》のこと聞《き》いてるよね。

わたしは生《い》きてるよ。

そして、とってもハッピーだよ。

ずっとずっと願《ねが》っていた、地球《ちきゅう》へ帰《かえ》れる日《ひ》が、やっと決《き》まったんだよ。

このメールが届《とど》くころ、ミカコは〈シリウスラインα《アルファ》〉というアンカー・ポイントにいます。

そこから地球《ちきゅう》までは、きっと救助隊《きゅうじょたい》が運《はこ》んでくれることでしょう。

やっと会《あ》えるね、ノボルくん。

会《あ》えたらミカコは、ノボルくんに直接伝《ちょくせつつた》えたいことがあります。ずっとずっと言《い》いたかったこと。

でも、メールでは教《おし》えないよ。

もうすぐリシテアは出発《しゅっぱつ》します。

二十四歳《さい》のノボルくんは、どこでなにをしてるのかな？　旅《たび》の四年間《ねんかん》、ミカコは、二十四歳《さい》のノボルくんを、退屈《たいくつ》しのぎに毎日《まいにち》想像《そうぞう》して過《す》ごすことにします。
今度《こんど》会《あ》うとき、ミカコの主観年齢《しゅかんねんれい》は十九歳《さい》。
どんな娘《こ》になっているか、会《あ》ったときのお楽《たの》しみ。
それじゃ。

いまはまだ十五歳《さい》のミカコより

■ ■ ■

2056年《ねん》4月《がつ》 救《きゅう》助《じょ》艦《かん》

八年《ねん》って年月《ねんげつ》は、短《みじか》いようで長《なが》い。

とりわけ科学技術《かがくぎじゅつ》の分野《ぶんや》においては。

宇宙軍《うちゅうぐん》の月面基地《げつめんきち》には、防衛大《ぼうえいだい》の研修《けんしゅう》で二度《ど》ほど、院生《いんせい》になって、セミナーに出席《しゅっせき》する教授《きょうじゅ》のお供《とも》の助手《じょしゅ》の、そのまたお供《とも》として一度《ど》、立《た》ち寄《よ》ったことがある。新型《しんがた》のコスモナート《恒星間宇宙戦艦》にお目《め》にかかれたのは、院生《いんせい》のときの腰巾着旅行《こしぎんちゃくりょこう》がはじめてで、それからまだ一年《ねん》もたっていない。

そのときは、格納庫《かくのうこ》の壁《かべ》に張《は》り付《つ》いた観光客用《かんこうきゃくよう》の見学《けんがく》コースとして設《もう》けられたキャットウォークから見下《みお》ろしただけのことで、なんで一般人扱《いっぱんじんあつか》いなんだよと艦内《かんない》を覗《のぞ》かせてもらえなかったことが悔《くや》しくてしようがなかった。

その新型《しんがた》コスモナートに、乗員《じょういん》の一員《いちいん》として乗《の》れるという夢《ゆめ》のような話《はなし》が現実《げんじつ》になったのだから、実物《じつぶつ》を目《め》の前《まえ》にしてついうっとりと見惚《みと》れてしまったとしても、誰《だれ》にも非難《ひなん》できないと思《おも》う。

乗艦《じょうかん》するまでの二、三分《ぷん》、正直《しょうじき》いって長峰《ながみね》のことはすっかり忘《わす》れてしまっていた。

新型《しんがた》のコスモナートは、従来型《じゅうらいがた》にくらべ見《み》た目《め》はひとまわりコンパクトになっているのだが、逆《ぎゃく》に内部《ないぶ》の居住空間《きょじゅうくうかん》は拡充《かくじゅう》されている。駆動系《くどうけい》に大幅改良《おおはばかいりょう》がなされ、小型化高性能化《こがたかこうせいのうか》されたからだ。エンジンがパワーアップしたおかげで、自律《じりつ》ハイパードライブの到達距離《とうたつきょり》が飛躍的《ひやくてき》に向上《こうじょう》した。一回《かい》のワープで、最大《さいだい》三光年先《こうねんさき》までジャンプ可能《かのう》になっていた。

おまけにもうひとつ、最新技術《さいしんぎじゅつ》ということでいえば、コスモナートにはまだ開発段階《かいはつだんかい》ではあるが、超光速通信《ちょうこうそくつうしん》システムが備《そな》わっているのだ。

通信技師《つうしんぎし》の補助要員《ほじょよういん》として召集《しょうしゅう》されたぼくは、たぶんその最新《さいしん》の通信《つうしん》システムにも触《ふ》れるチャンスがあるだろうと、乗艦前《じょうかんまえ》からわくわくしていた。

発艦《はっかん》の準備《じゅんび》が整《ととの》うまでに、今回同乗《こんかいどうじょう》するベテラン乗員《じょういん》たちと引《ひ》き合《あ》わせてもらった。

新規《しんき》に搭乗《とうじょう》するのは、ぼくと一部医療《いちぶいりょう》スタッフくらいで、あとの面々《めんめん》はそれこそ何十回《なんかい》となく太陽系《たいようけい》を行《い》き来《き》したことのある古株揃《ふるかぶぞろ》いだった。

待《ま》ってる間《あいだ》に艦内服《かんないふく》と着替《きが》えの下着《したぎ》など、身《み》の回《まわ》り品《ひん》の支給《しきゅう》を受《う》け、ハンス・シュタイナーというドイツ人《じん》の先輩通信技師《せんぱいつうしんぎし》からは艦内案内図《かんないあんないず》入《い》りの小冊子《しょうさっし》を渡《わた》され、艦内生活《かんないせいかつ》のおおまかな決《き》まりごとを教《おし》えてもらった。救助《きゅうじょ》にいくというのに、ちょっとした家族旅行《かぞくりょこう》にでも出《で》かけるような、はしゃいだ気分《きぶん》がこみ上《あ》げてきた。

前夜呼《ぜんやよ》び出《だ》しをくらってから、よくよく考《かんが》えると一睡《いっすい》もしてなかったのだが、アドレナリン出《で》っぱなし状態《じょうたい》で、ふらふらしながらも眠気《ねむけ》はまったく感《かん》じなかった。

出発《しゅっぱつ》の準備《じゅんび》がすべて整《ととの》い、乗艦《じょうかん》が許《ゆる》されたのは、その日《ひ》の夕方《ゆうがた》だった。

本来《ほんらい》の目的《もくてき》を思《おも》い出《だ》したのは、月面基地《げつめんきち》を離《はな》れて一週間《しゅうかん》たってのことだった。

新型《しんがた》コスモナートは、火星軌道《かせいきどう》と木星軌道《もくせいきどう》の中間域《ちゅうかんいき》、ハイパードライブ無規制域《むきせいいき》へ向《む》け巡航《じゅんこう》していた。救助隊《きゅうじょたい》といえども安全航行《あんぜんこうこう》のための決《き》まりは守《まも》らなければならない。

その間《かん》ぼくは、艦内《かんない》の諸事情《しょじじょう》と与《あた》えられた仕事《しごと》を覚《おぼ》えるのに必死《ひっし》になっていた。

もちろん、年齢的《ねんれいてき》にも乗員《じょういん》の中《なか》では一番《いちばん》の若造《わかぞう》だったこともあったし、巡航中《じゅんこうちゅう》はかくだんすることもないとあって、古株連中《ふるかぶれんちゅう》は新入《しんい》りのぼくをからかって、どうでもいいような用事《ようじ》を押《お》しつけては楽《たの》しんでいた。

艦《かん》と乗員《じょういん》と仕事《しごと》についてひととおりのことを覚《おぼ》え、古株《ふるかぶ》たちからも飽《あ》きられて用《よう》もないのにいちいち呼《よ》び止《と》められることもなくなって、ぼくはようやく本来《ほんらい》の居場所《いばしょ》、通信室《つうしんしつ》に長居《ながい》できるようになった。

リシテア号《ごう》のことが気《き》になった。

通信室《つうしんしつ》は艦橋《かんきょう》の一区画《いちくかく》をなしていて、艦橋《かんきょう》に集約《しゅうやく》される全情報《ぜんじょうほう》の一部《いちぶ》を他部署《たぶしょ》に優先《ゆうせん》して共有《きょうゆう》している。艦載《かんさい》の諸観測機《しょかんそくき》から得《え》られるデータもその一部《いちぶ》で、リシテアの現在地《げんざいち》を確認《かくにん》できるようなデータが呼《よ》び出《だ》せないか、いろいろ試《ため》しもし、シュタイナー先輩《せんぱい》に尋《たず》ねもしたのだが、二光《こう》年以遠《ねんいえん》にいる移動体《いどうたい》を確認《かくにん》できるだけの精度《せいど》をもった観測機器《かんそくきき》は、残念《ざんねん》ながらこの艦《かん》には備《そな》わっていなかった。

ひょっとしたら邂逅地点《かいこうちてん》に予定《よてい》より早《はや》く着《つ》きすぎて、救助《きゅうじょ》はまだなのかと、先方《せんぽう》はやきもきしているかもしれない。それを思《おも》うと、まだ見習《みなら》いの身《み》であり、これといって任《まか》された仕事《しごと》を持《も》たないぼくには、手持《ても》ち無沙汰《ぶさた》の時間《じかん》がたまらなく長《なが》く感《かん》じられた。

どこで聞《き》きつけたのか、古株連中《ふるかぶれんちゅう》の間《あいだ》に、長峰《ながみね》の名前《なまえ》が知《し》れ渡《わた》ってしまっていた。

またぼくは、寄《よ》ってたかってからかわれることになった。

恋人《こいびと》なら写真持《しゃしんも》ってるんだろう見《み》せろ、とか絡《から》まれて、そんなんじゃないって撥《は》ね除《の》けはしたけれど、その日《ひ》のうちに長峰《ながみね》の写真《しゃしん》は艦内《かんない》を一巡《じゅん》していた。

まあ、同《おな》じ艦隊所属《かんたいしょぞく》なんだから、見《み》ようと思《おも》えば端末《たんまつ》から簡単《かんたん》に呼《よ》び出《だ》せるわけだけど。プリントアウトされた長峰《ながみね》の顔写真《かおじゃしん》は、回《まわ》りまわって最終的《さいしゅうてき》にぼくのもとへとやってきた。おそらく入隊直後《にゅうたいちょくご》に撮《と》られたのだろうその写真《しゃしん》に、長峰《ながみね》は中学《ちゅうがく》の夏《なつ》の制服《せいふく》のまま写《うつ》っていた。

実《じつ》はぼくは、長峰《ながみね》のまともな写真《しゃしん》を一枚《まい》も持《も》っていなかった。中学《ちゅうがく》の卒業《そつぎょう》アルバムのクラスの集合写真《しゅうごうしゃしん》に、アルバム編集前《へんしゅうまえ》にいなくなった長峰《ながみね》の姿《すがた》はなかった。他《ほか》の転校生《てんこうせい》たちと同様《どうよう》の扱《あつか》いで、同《おな》じページの隅《すみ》の方《ほう》に丸《まる》く囲《かこ》われて小《ちい》さく、申《もう》し訳《わけ》なさそうに写《うつ》っているのが唯一《ゆいいつ》ぼくが持《も》っている長峰《ながみね》の顔写真《かおじゃしん》だった。たぶんそのアルバムは実家《じっか》の押入《おしい》れかどこかの段《だん》ボール箱《ばこ》の中《なか》に、卒業証書《そつぎょうしょうしょ》といっしょに眠《ねむ》っているはずだ。

そう、防衛大《ぼうえいだい》の学生寮《がくせいりょう》に入寮《にゅうりょう》して以降《いこう》、卒業《そつぎょう》アルバムは見《み》てないことになる。

思《おも》いもかけない状況下《じょうきょうか》で、長峰《ながみね》の顔写真《かおじゃしん》と遭遇《そうぐう》することになって、ぼくは狼狽《ろうばい》した。

鮮明《せんめい》に撮《と》られたその写真《しゃしん》で、長峰《ながみね》はちょっと緊張《きんちょう》ぎみに表情《ひょうじょう》を硬《かた》くしていた。

時《とき》を経《へ》てぼくの前《まえ》に現《あらわ》れた長峰《ながみね》は、痛々《いたいた》しいほど幼《おさな》く感《かん》じられた。

もう何日《なんにち》かで、本物《ほんもの》の生身《なまみ》の長峰《ながみね》に会《あ》える。

この写真《しゃしん》より数歳成長《すうさいせいちょう》した姿《すがた》で。

久々《ひさびさ》に目《め》にした長峰《ながみね》の姿《すがた》に、ぼくは過《す》ぎ去《さ》った九年《ねん》の時《とき》の長《なが》さと重《おも》みを、あらためて実感《じっかん》していた。

出発十日目《しゅっぱつとおかめ》、ようやくハイパードライブ無規制域《むきせいいき》へ到達《とうたつ》した。

初《はじ》めてのハイパードライブ体験《たいけん》。

どのみち新人《しんじん》のぼくにとって、艦内《かんない》で起《お》こることのあらかたは初体験《はつたいけん》ということになるのだが、ハイパードライブ体験《たいけん》はなかでも格別《かくべつ》の新鮮《しんせん》さだった。

ワープアウトすると、すぐさま仕事《しごと》が待《ま》っていた。

リシテア現在地《げんざいち》の確定作業《かくていさぎょう》。

及《およ》び、リシテアへの到着《とうちゃく》の連絡《れんらく》。

リシテアはすぐに見《み》つかった。

邂逅地点《かいこうちてん》〈シリウスラインα《アルファ》〉へ向《む》け、最終減速《さいしゅうげんそく》に入《はい》っている。

到達予定日《とうたつよていび》は五日後《いつかご》。リシテア側《がわ》が立《た》てた航宙計画《こうちゅうけいかく》から三日《みっか》の遅《おく》れとなっていた。

八年《ねん》七ケ月《かげつ》の旅程全体《りょていぜんたい》からみれば、わずかな誤差《ごさ》。とにかく待《ま》たせずにすんでよかった。

予定日《よていび》まで三日《みっか》となってようやく、リシテアとの通信《つうしん》も可能《かのう》になった。リシテア艦長及《かんちょうおよ》び総司令官《そうしれいかん》と救助隊長《きゅうじょたいちょう》との間《あいだ》で、しきりと交信《こうしん》がなされた。受《う》け入《い》れの準備《じゅんび》は着々《ちゃくちゃく》と整《ととの》っていった。

ちょっと気《き》が早《はや》いかもしれないけど、ぼくは試《ため》しに長峰《ながみね》にメールを打《う》ってみた。

長峰《ながみね》の居場所《いばしょ》も特定《とくてい》できている、間違《まちが》いなく届《とど》くはずだ。もう数日我慢《すうじつがまん》して、突然長峰《とつぜんながみね》の前《まえ》に姿《すがた》を現《あらわ》し、驚《おどろ》かせるつもりでいたのだが、古株《ふるかぶ》の隊員《たいいん》たちに先《さき》を越《こ》されてぼくがここにいることをばらされでもしたら、せっかくの再会《さいかい》をぶち壊《こわ》しにされかねない。

■　■　■

長峰《ながみね》へ

ぼくからのメールはひさしぶりのことで、きっと驚《おどろ》いていると思《おも》う。

帰還決定《きかんけってい》のメール、届《とど》いたよ。

話《はな》したいことはいっぱいあるけど、会《あ》えたときのためにとっておきたい。それに、ほんとにぼくにとっても久々《ひさびさ》のメールで、どう語《かた》りかければいいのか、ぼく自身《じしん》がとまどっているんだ。

ぼくはいま二十四歳《さい》で、長峰《ながみね》は十九歳《さい》。

十九歳《さい》の長峰《ながみね》にどう語《かた》りかければいいのか、それがわからない。リシテアにいる長《なが》峰《みね》がずっと二十四歳《さい》のぼくを想像《そうぞう》して待《ま》ったように、二十四歳《さい》のぼくもほんの短《みじか》い間《あいだ》だけど、十九歳《さい》の長峰《ながみね》を想像《そうぞう》して過《す》ごしている。

ぼくにしてみれば、この九年近《ねんちか》く十五歳《さい》のまま十五歳《さい》の思《おも》いのまま生《い》きてきた長峰《ながみね》が、急《きゅう》に大人《おとな》になって帰《かえ》ってくるっていうんだから、混乱《こんらん》して当然《とうぜん》だと思《おも》うよ。でも、そんなことどうだっていい。

会《あ》えるってことだけで、奇跡《きせき》みたいなものだって思《おも》う。

十九歳《さい》の長峰《ながみね》に、どんなふうに話《はな》せばいいのかは、会《あ》ったときに考《かんが》えればいいことだからね。

とにかく再会《さいかい》の日《ひ》は近《ちか》い。

きっとびっくりするほど近《ちか》いはず。

我《われ》に秘策《ひさく》あり……寺尾昇《てらおのぼる》

■　■　■

ノボルくん。

十九歳《さい》のミカコだよ。

退屈《たいくつ》な毎日《まいにち》も、もうすぐ終《お》わろうとしています。

きのう、ノボルくんからのメールを受《う》け取《と》りました。

まだわたしはリシテアにいるのに、どうしてノボルくんからのメールが届《とど》くのか、不思議《ふしぎ》に思《おも》いました。

でも、その前《まえ》にすごくうれしかった。

十五歳《さい》の女《おんな》の子《こ》の、昔《むかし》のクラスメイトの出《だ》したメールなんて、二十四歳《さい》のノボルくんがまともに取《と》りあってくれるはずないって思《おも》っていたから。

わたしにとっては一瞬《いっしゅん》のことだった、十五歳《さい》の日々《ひび》に、九年間《ねんかん》、根気強《こんきづよ》くつきあってくれてありがとう。

二十四歳《さい》のノボルくんには追《お》いついてないかもしれないけど、わたしも四年分《ねんぶん》、このリシテアの中《なか》で成長《せいちょう》しました。

いまわたしは十九歳《さい》です。

ほんとはきのう、すぐに返事《へんじ》をしようかと思《おも》ったけど、わたしも混乱《こんらん》して、けっきょくすぐには返事《へんじ》が書《か》けませんでした。

ノボルくんのメール、謎《なぞ》だらけでした。

せめて、いまなにをしてるのかくらい書《か》いてあれば、二十四歳《さい》のノボルくんを想像《そうぞう》しやすかったのに……。

それに、秘策《ひさく》っていうのもわからないし。
あした、救助艦《きゅうじょかん》と遭遇《そうぐう》できるはず。
その準備《じゅんび》でわたしも忙《いそが》しく働《はたら》いています。
ひとつ質問《しつもん》。ノボルくんは十五歳《さい》と十九歳《さい》、どっちのミカコに会《あ》いたかったの？
わたしは、二十四歳《さい》のノボルくんに会《あ》ってみたいよ。
救助隊《きゅうじょたい》と遭遇《そうぐう》できてからの予定《よてい》は未定《みてい》。
また、連絡《れんらく》するね。

混乱《こんらん》の十九歳《さい》、ミカコより

■
■
■

2056年《ねん》4月《がつ》 シリウスライン α《アルファ》

寺尾昇《てらおのぼる》は、多少後悔《たしょうこうかい》していた。

百七十二人《にん》という収容人数《しゅうようにんずう》を甘《あま》くみていたのだ。

長峰美加子《ながみねみかこ》との再会《さいかい》を、劇的《げきてき》にかっこよく決《き》める気《き》でいたのに、現実《げんじつ》はそうは思《おも》い通《どお》りに運《はこ》んでくれなかった。

艦体同士《かんたいどうし》をドッキングさせ通用《つうよう》ゲートを確保《かくほ》し、いざ収容《しゅうよう》がはじまってみると、怒濤《どとう》の勢《いきお》いで若《わか》い娘《むすめ》たちがてんでに押《お》し寄《よ》せてきた。

部屋《へや》はどこなのとか、なにか飲《の》み物《もの》をちょうだいとか、若《わか》いノボルを掴《つか》まえてはおもしろがって勝手《かって》な要求《ようきゅう》をつきつけてきた。

収容《しゅうよう》がはじまって二時間《じかん》、傷病者《しょうびょうしゃ》の搬送《はんそう》をふくめてどうやらオペレーター百七十二名全員《めいぜんいん》の収《しゅう》容《よう》は完了《かんりょう》したらしいのだが、まだまだ混乱《こんらん》は収《おさ》まる様子《ようす》を見《み》せない。

なにしろ新入《しんい》りなのだから、通信技師《つうしんぎし》という本来《ほんらい》の仕事《しごと》にはおかまいなしに、空《あ》き部屋《べや》へ案内《あんない》しろ、艦内服運《かんないふくはこ》んでやれ、洗濯物《せんたくもの》を回収《かいしゅう》しろ、ついでにおれの肩《かた》を揉《も》めと、古参《こさん》の隊員《たいいん》にいいように こき使《つか》われる。

長峰《ながみね》の姿《すがた》を探《さが》すどころか、ただもうやみくもに艦内《かんない》を走《はし》り回《まわ》っているだけで、休憩《きゅうけい》さえろくにとれない。もちろん、そうした混乱《こんらん》の最中《さなか》にも、長峰《ながみね》の姿《すがた》はないかと行《い》きかう娘《むすめ》たちの顔《かお》をひとつひとつチェックしてはいたのだが……。

そんなノボルの様子《ようす》を見《み》かねて、そらそこで休《やす》みなと、自動販売機《じどうはんばいき》の缶《かん》コーヒーをおごってくれたありがたい先輩《せんぱい》がいた。

お言葉《ことば》に甘《あま》えてノボルは、通路《つうろ》に設置《せっち》された自動販売機《じどうはんばいき》の横《よこ》のベンチに腰掛《こしか》けた。

――長峰《ながみね》、どこにいるんだよ。

情《なさ》けない顔《かお》をして、コーヒーを喉《のど》に流《なが》し込《こ》む。

長峰《ながみね》にいいとこ見《み》せようとはりきって着込《きこ》んでいた宇宙軍《うちゅうぐん》の真《ま》っ白《しろ》い制服《せいふく》だったが、ズボンの裾《すそ》は撚《よ》れおまけに汚《よご》れてしまっている。

息《いき》を楽《らく》にしようと、詰襟《つめえり》のホックを外《はず》した。よけいだらけた格好《かっこう》になってしまう。

――まあ、焦《あせ》ることもないか。艦内《かんない》にいることは間違《まちが》いないんだし。

もう一口《ひとくち》コーヒーを流《なが》し込《こ》み、ほっと息《いき》をついたとき、携帯《けいたい》が鳴《な》った。
長峰《ながみね》には違《ちが》いなかったが、いままでになく短《みじか》い文面《ぶんめん》だった。

ノボルくん。

わたしはここにいるよ。

秘策《ひさく》って？　のミカコより

驚《おどろ》いて顔《かお》を上《あ》げ、周囲《しゅうい》を見回《みまわ》した。

「ここにいるよ。ノボルくん」

聞《き》き覚《おぼ》えのある、なつかしい声《こえ》。

廊下《ろうか》の端《はし》に、こっちを見《み》つめている女性《じょせい》がいた。

看護《かんご》スタッフの制服《せいふく》を着《き》ていた。

手《て》にした携帯《けいたい》を振《ふ》って見《み》せ、ゆっくりと近寄《ちかよ》ってきた。

「やっと会《あ》えたね、ノボルくん」

長峰美加子《ながみねみかこ》が微笑《ほほえ》んだ。

「ああ……」

照《て》れ臭《くさ》くて直視《ちょくし》できなかった。

「長峰《ながみね》、背伸《せの》びたな」

なにか気《き》のきいたことを言《い》おうと思《おも》ってなにも思《おも》い浮《う》かばず、どうでもいいようなことを口《くち》にしてしまった。

「五センチ伸《の》びたよ。ただし、体重《たいじゅう》とスリーサイズの増減《ぞうげん》はないしょだよ」

長峰《ながみね》は変《か》わったけれど変《か》わってない。

そんな気《き》がしてノボルはほっとした。

2056年《ねん》5月《がつ》 階《かい》段《だん》上《うえ》

入隊早々《にゅうたいそうそう》、日本《にほん》の変則休暇《へんそくきゅうか》、ゴールデンウィークに合《あ》わせて休《やす》みがとれるなんて、思《おも》ってもみなかった。休暇願《きゅうかねが》いは出《だ》してみるもんだ。

ただし、出《で》たばっかりの初任給《しょにんきゅう》から地球行《ちきゅうい》きシャトルのチケット代《だい》を捻出《ねんしゅつ》しなければならなかったのは痛《いた》かった。

艦隊勤務《かんたいきんむ》にはだいぶ慣《な》れた。といっても新型《しんがた》コスモナート《恒星間宇宙戦艦》には、あの救助劇《きゅうじょげき》以降《いこう》まだ乗《の》っていない。月面基地《げつめんきち》での研修《けんしゅう》が続《つづ》いていて、乗艦勤務《じょうかんきんむ》がはじまるのは、六月《がつ》に入《はい》ってからの予定《よてい》になっている。

長峰《ながみね》はというと、他《ほか》の選抜《せんばつ》メンバー同様《どうよう》、いったん艦隊《かんたい》を除隊《じょたい》になった。

この先《さき》どうするかは、実家《じっか》でゆっくり休《やす》みながら、じっくり考《かんが》えるんだといっている。また、艦隊勤務《かんたいきんむ》を希望《きぼう》することになるかもしれないけど、トレーサー乗《の》りだけはもう御免《ごめん》だともいっていた。ロコモフ司令官《しれいかん》は長峰《ながみね》の腕《うで》を高《たか》く評価《ひょうか》していて、やめるのはもったいないと、慰留《いりゅう》に努《つと》めたらしい。

あのとき看護《かんご》スタッフの制服《せいふく》を着《き》ていたことから察《さっ》しがつくとおり、同《おな》じ艦隊勤務《かんたいきんむ》なら、看護《かんご》スタッフがいいといっていた。アガルタからの帰途《きと》、長峰《ながみね》は退屈《たいくつ》を紛《まぎ》らわすために医療《いりょう》スタッフや看護《かんご》スタッフの手伝《てつだ》いをやっていた。もちろん資格《しかく》はないけれど、実務的《じつむてき》なことは四年間《ねんかん》ですっかり吸収《きゅうしゅう》し終《お》えていた。

医療関係《いりょうかんけい》の資格《しかく》をとるために、学校通《がっこうかよ》うのも悪《わる》くないかなともいっていた。

なにしろ、長峰《ながみね》は戸籍上《こせきじょう》の年齢《ねんれい》は二十四歳《さい》だが、主観年齢《しゅかんねんれい》は十九歳《さい》なのだ。なにかをはじめるのに十分《じゅうぶん》な若《わか》さだといっていい。

まったく話《はなし》は違《ちが》うのだが、第二次《だいにじ》タルシアン探査隊《たんさたい》の参加《さんか》メンバーの募集《ぼしゅう》は、まだはじまっていない。

計画《けいかく》の見直《みなお》しが、なされているらしい。

アガルタでの戦闘《せんとう》に参加《さんか》した長峰《ながみね》からの、報告《ほうこく》を受《う》けての変更《へんこう》ということらしい。

長峰《ながみね》がアガルタで見《み》た幻影《げんえい》、そして「託《たく》したいの」のメッセージをどう解釈《かいしゃく》すればいいのか……。むろんこれが長峰《ながみね》ひとりの身《み》に起《お》こったことだったら、夢《ゆめ》や幻聴《げんちょう》で片《かた》づけられてしまったところだろうが、戦闘開始前《せんとうかいしまえ》に多数《たすう》のオペレーターが同様《どうよう》の体験《たいけん》をし、同《おな》じメッセージを受《う》け取《と》っていたのだ。

たしかに、アガルタでは壮絶《そうぜつ》な闘《たたか》いが繰《く》り広《ひろ》げられたのだが、彼《かれ》らが本気《ほんき》で人類《じんるい》と闘《たたか》おうとしていたのかどうかは疑問《ぎもん》の残《のこ》るところだった。戦闘《せんとう》の一部始終《いちぶしじゅう》を記録《きろく》した映像《えいぞう》を丹念《たんねん》に解析《かいせき》していくと、タルシアン側《がわ》は徹底《てってい》しては闘《たたか》っていないのだという。

タルシアンは、まったく別《べつ》な理由《りゆう》と目的《もくてき》で、人類《じんるい》に接触《せっしょく》を求《もと》めてきたのかもしれない。

そもそものスタートが間違《まちが》っていた可能性《かのうせい》が、一部報道関係者《いちぶほうどうかんけいしゃ》の間《あいだ》で囁《ささや》かれている。

タルシス遺跡《いせき》の爆発《ばくはつ》は、遺跡《いせき》の触《ふ》れてはいけない部分《ぶぶん》に人類《じんるい》が触《ふ》れたために引《ひ》き起《お》こされた不幸《ふこう》な事故《じこ》だったのではないか。タルシアンがその場《ば》に居合《いあ》わせたのは、偶然《ぐうぜん》もしくはまったく別《べつ》の目的《もくてき》のためだったのではないかというのだ。

タルシアンによる襲撃《しゅうげき》があったとの発表《はっぴょう》は、この事故《じこ》を政治的《せいじてき》に利用《りよう》しようとした勢力《せいりょく》による、捏造《ねつぞう》、あるいは事実《じじつ》の歪曲《わいきょく》だった……。

もちろん、こうした噂《うわさ》や報道《ほうどう》は、当初《とうしょ》からなくはなかったが、法的規制《ほうてききせい》のもとに取材《しゅざい》が制限《せいげん》され、真実《しんじつ》が解明《かいめい》されるには至《いた》らなかった。いままた二度目《どめ》の、大規模《だいきぼ》な接触《せっしょく》がタルシアンとの間《あいだ》で交《か》わされ、ここ十数年《じゅうすうねん》のタルシアンへの対応《たいおう》を、「間違《まちが》っていなかったのか？」と、根底《こんてい》から見直《みなお》してみようといった気運《きうん》が高《たか》まりつつあった。

ジャーナリストたちの綿密《めんみつ》で精力的《せいりょくてき》な取材《しゅざい》で、「事故説《じこせつ》」を裏付《うらづ》ける当時《とうじ》の関係者《かんけいしゃ》たちからの証言《しょうげん》が徐々《じょじょ》に得《え》られている。すべては、国連宇宙軍《こくれんうちゅうぐん》を自国《じこく》の主導権《しゅどうけん》のもとに設立運営《せつりつうんえい》し、タルシアンのテクノロジーを独占《どくせん》してきた、米国政府《べいこくせいふ》の仕組《しく》んだシナリオだったのではなかったか……？

もし仮《かり》に、彼《かれ》らのメッセージ「託《たく》したいの」を言葉《ことば》どおりに解釈《かいしゃく》すれば、彼《かれ》らタルシアンは、我々人類《われわれじんるい》を遠《とお》い宇宙《うちゅう》へ誘《いざな》おうとしていることになる。そして、銀河系宇宙《ぎんがけいうちゅう》の仲間《なかま》として迎《むか》え入《い》れようとしていることになる。なのになぜ、彼《かれ》らは友好的《ゆうこうてき》な接触《せっしょく》を試《こころ》みて来《こ》なかったのか？　いや、彼《かれ》らは友好的《ゆうこうてき》だったのに、我々《われわれ》が態度《たいど》を頑《かたく》なにし、必要以上《ひつよういじょう》に彼《かれ》らを恐《おそ》れた結果《けっか》、不幸《ふこう》な出会《であ》いが生《しょう》じてしまったというのだろうか？

「大人《おとな》になるには痛《いた》みも必要《ひつよう》だけど……」

タルシアンとの接触《せっしょく》そのものが、人類《じんるい》が大人《おとな》になるための試練《しれん》であり、その接触《せっしょく》で引《ひ》き起《お》こされた混乱《こんらん》やもたらされた犠牲《ぎせい》が、痛《いた》みだというのだろうか？

彼《かれ》らが与《あた》えた試練《しれん》を乗《の》り越《こ》えてはじめて、人類《じんるい》は宇宙《うちゅう》レベルでの大人《おとな》として認《みと》められることになるのだろうか――？

タルシアン探索計画《たんさくけいかく》の見直《みなお》しの方向性《ほうこうせい》として、第二次探査隊《だいにじたんさたい》は当初《とうしょ》の予定《よてい》より規模《きぼ》を縮小《しゅくしょう》し、その目的《もくてき》も主《おも》にアガルタの環境調査《かんきょうちょうさ》と遺跡《いせき》の発掘調査《はっくつちょうさ》に限定《げんてい》され、その呼称《こしょう》も「第一次《だいいちじ》アガルタ遺跡調査隊《いせきちょうさたい》」と抑制《よくせい》のきいたものに落《お》ち着《つ》くことになった。

真実《しんじつ》はまだわからない。

依然《いぜん》として非常事態下《ひじょうじたいか》に全世界《ぜんせかい》の人々《ひとびと》が暮《く》らしていること、タルシアンが人類《じんるい》にとって脅威的《きょういてき》存在《そんざい》であることにもかわりない。

コンクリートの階段《かいだん》を駆《か》け上《あが》りながら、様々《さまざま》な思《おも》いが去来《きょらい》していた。

長峰《ながみね》に、選抜《せんばつ》メンバーに選《えら》ばれたと告《つ》げられた、夏《なつ》の夕暮《ゆうぐ》れどき。

待《ま》っても待《ま》っても届《とど》かない長峰《ながみね》からのメールを待《ま》ち続《つづ》けた日々《ひび》。

不届《ふとど》きにも、年下《としした》で美人《びじん》の彼女《かのじょ》を振《ふ》ってしまった秋雨《あきさめ》の日《ひ》。

心《こころ》を硬《かた》く閉《と》ざし、大人《おとな》になろうと誓《ちか》ったこと……。

みんなみんな、この場所《ばしょ》であった、忘《わす》れがたい思《おも》い出《で》。

九年《ねん》の時《とき》を経《へ》て、ぼくは九歳分《さいぶん》、長峰《ながみね》は四歳分《さいぶん》、大人《おとな》になった。

お互《たが》い、まったく違《ちが》った環境《かんきょう》で、違《ちが》った試練《しれん》を、乗《の》り越《こ》えあるいはやり過《す》ごして、それぞれ大人《おとな》になった。

そして、互《たが》いの祈《いの》りが通《つう》じて、奇跡《きせき》のようにぼくらは宇宙《うちゅう》で再会《さいかい》できた。

救助艦《きゅうじょかん》が月面基地《げつめんきち》へ帰還《きかん》するまでの十日間《とおかかん》、九年《ねん》の空白《くうはく》を一気《いっき》に埋《う》め合《あ》わせようと、ぼくらは寝《ね》る間《ま》を惜《お》しんで語《かた》り合《あ》った。といっても、見習《みなら》い業務《ぎょうむ》の合間《あいま》を縫《ぬ》って、そのまた合間《あいま》に押《お》しつけられる古株《ふるかぶ》たちからの無理難題《むりなんだい》にもかたをつけて、やっと自由《じゆう》になったごくわずかな時間《じかん》を見《み》はからっての船内《せんない》デート、ふたりっきりになれる場所《ばしょ》を確保《かくほ》するのにも一苦労《ひとくろう》だった。

あいかわらずだったのは、長峰《ながみね》が話《はな》し役《やく》でぼくは聞《き》き役専門《やくせんもん》に回《まわ》ったこと。

最初《さいしょ》の二、三分《ぷん》はお互《たが》い、成長《せいちょう》してしまった相手《あいて》との距離感《きょりかん》がうまくつかめず、他人行儀《たにんぎょうぎ》なよそよそしい話《はな》しっぷりだったのが、気《き》がつけば昔《むかし》のまんまの役割分担《やくわりぶんたん》に自然《しぜん》とおちついてしまっていた。

もっぱら聞《き》き役《やく》に徹《てっ》しながら、九年《ねん》ぶりに耳《みみ》にする長峰《ながみね》の声《こえ》を、ぼくは心地《ここち》よい音楽《おんがく》を聞《き》くようにうっとりと聞《き》き入《い》っていた。

月面基地《げつめんきち》で、ぼくらは別《わか》れ別《わか》れになった。長峰《ながみね》はシャトルで地球《ちきゅう》へ。ぼくはそのまま基地《きち》に留《とど》まって、艦隊勤務《かんたいきんむ》についた。緊急呼《きんきゅうよ》び出《だ》しで、入隊《にゅうたい》までの休暇《きゅうか》をすべて使《つか》い果《は》たしてしまっていたのだ。

一ヶ月《かげつ》ぶりの再会《さいかい》、しかもふたりが生《う》まれ育《そだ》った思《おも》い出深《でぶか》い地元《じもと》での、業務《ぎょうむ》やうるさがたに煩《わずら》わされる心配《しんぱい》のない、まったくフリーな一日《にち》。待《ま》ち合《あ》わせ場所《ばしょ》が、指定《してい》しておきながらまだその場所《ばしょ》にあるのかどうか、多少不安《たしょうふあん》だった。寮生活《りょうせいかつ》をしていた六年間《ねんかん》、この通《とお》りをぶらつく機会《きかい》はまったくなかった。

だけど、階段《かいだん》を上《のぼ》りきったその場所《ばしょ》に、バス停《てい》のプレハブ小屋《ごや》は、まるでぼくらのためだけに時《とき》の経過《けいか》に抗《あらが》ってくれていたかのように、頑固《がんこ》に生《い》き残《のこ》っていた。

また六年分古《ねんぶんふる》びてしまって、ほとんど廃屋同然《はいおくどうぜん》ではあったけれど。

誰《だれ》もいない通《とお》りを、涼《すず》しげに風《かぜ》が吹《ふ》き渡《わた》った。

道端《みちばた》に咲《さ》くタンポポの綿毛《わたげ》が、風《かぜ》に煽《あお》られ大空《おおぞら》へ飛《と》び散《ち》っていった。

小屋《こや》の前《まえ》で歩調《ほちょう》を整《ととの》えおもむろに覗《のぞ》きこむと、長峰《ながみね》がベンチで待《ま》っていた。

ワンピースにつば広《ひろ》の帽子《ぼうし》、初夏《しょか》を思《おも》わせるいでたちで、白《しろ》い腕《うで》が目《め》に眩《まぶ》しかった。

剣道着《けんどうぎ》でもない、ジャージでもない、制服《せいふく》でもない、私服姿《しふくすがた》の長峰《ながみね》を見《み》るのは、はじめてだった。見違《みちが》えるほど、大人《おとな》びて見《み》えた。

「どこ、行《い》こう?」

「コンビニ行《い》って、アイス食《た》べたい」

わざと、子《こ》どもっぽい口調《くちょう》で長峰《ながみね》はいった。

「中学《ちゅうがく》のおさらい？」

「きょう一日《にち》はね。それからあしたは、高校生《こうこうせい》コース……」

立《た》ち上《あ》がると長峰《ながみね》は、スカートの裾《すそ》を直《なお》した。

「二十四歳《さい》のノボルくんに追《お》いつくのに、時間《じかん》が欲《ほ》しいよ」

小屋《こや》を出《で》て、長峰《ながみね》は歩《ある》き出《だ》した。

時間《じかん》が欲《ほ》しいのは、ぼくのほうだった。

十九歳《さい》の長峰《ながみね》に追《お》いつこうと、ぼくは後《あと》を追《お》った。

初出《しょしゅつ》
本書《ほんしょ》は『小説《しょうせつ》 ほしのこえ』（角川文庫《かどかわぶんこ》 二〇一六年《ねん》十一月刊《がっかん》）をもとに、漢字《かんじ》にふりがなをふり、読《よ》みやすくしたものです。

角川つばさ文庫

新海 誠／原作
1973年長野県生まれ。アニメーション監督。2002年、ほぼ１人で制作した短編アニメーション『ほしのこえ』で注目を集め、以降『雲のむこう、約束の場所』『秒速５センチメートル』『星を追う子ども』『言の葉の庭』を発表、16年公開の長編アニメーション『君の名は。』は記録的な大ヒットとなった。

大場 惑／文
1955年生まれ。鹿児島県出身、千葉県在住。84年『SFアドベンチャー』に掲載された「コンタクト・ゲーム」でデビュー。89年日本SF作家クラブ入会。自作小説のほか、テレビ、ゲームなどのノベライズを数多く手がける。

ちーこ／絵
千葉県在住。イラストレーター、デザイナー。『世界を動かすことば　世界でいちばん貧しい大統領のスピーチ』『君の名は。』(共に角川つばさ文庫)の挿絵などで活躍中。

角川《かどかわ》つばさ文庫《ぶんこ》

ほしのこえ

原作《げんさく》　新海《しんかい》　誠《まこと》
文《ぶん》　大場《おおば》　惑《わく》
絵《え》　ちーこ

2017年５月15日　初版発行
2025年７月５日　16版発行

発行者　山下直久
発　行　株式会社KADOKAWA
〒102-8177　東京都千代田区富士見 2-13-3
電話　0570-002-301（ナビダイヤル）
印　刷　株式会社KADOKAWA
製　本　株式会社KADOKAWA
装　丁　ムシカゴグラフィクス

ISBN978-4-04-631708-7　C8293　　N.D.C.913　206p　18cm

●お問い合わせ
https://www.kadokawa.co.jp/（「お問い合わせ」へお進みください）
※内容によっては、お答えできない場合があります。
※サポートは日本国内のみとさせていただきます。
※Japanese text only

読者のみなさまからのお便りをお待ちしています。下のあて先まで送ってね。
いただいたお便りは、編集部から著者へおわたしいたします。
〒102-8177　東京都千代田区富士見 2-13-3　角川つばさ文庫編集部

角川つばさ文庫発刊のことば

角川グループでは『セーラー服と機関銃』(81)、『時をかける少女』(83・06)、『ぼくらの七日間戦争』(88)、『リング』(98)、『ブレイブ・ストーリー』(06)、『バッテリー』(07)、『DIVE!!』(08)など、角川文庫と映像とのメディアミックスによって、「読書の楽しみ」を提供してきました。

角川文庫創刊60周年を期に、十代の読書体験を調べてみたところ、角川グループの発行するさまざまなジャンルの文庫が、小・中学校でたくさん読まれていることを知りました。

そこで、文庫を読む前のさらに若いみなさんに、スポーツやマンガやゲームと同じように「本を読むこと」を体験してもらいたいと「角川つばさ文庫」をつくりました。

読書は自転車と同じように、最初は少しの練習が必要です。しかし、読んでいく楽しさを知れば、どんな遠くの世界にも自分の速度で出かけることができます。それは、想像力という「つばさ」を手に入れたことにほかなりません。

「角川つばさ文庫」では、読者のみなさんといっしょに成長していける、新しい物語、新しいノンフィクション、角川グループのベストセラー、ライトノベル、ファンタジー、クラシックスなど、はば広いジャンルの物語に出会える「場」を、みなさんとつくっていきたいと考えています。

読んだ人の数だけ生まれる豊かな物語の世界。そこで体験する喜びや悲しみ、くやしさや恐ろしさは、本の世界の出来事ではありますが、みなさんの心を確実にゆさぶり、やがて知となり実となる「種」を残してくれるでしょう。

かつての角川文庫の読者がそうであったように、「角川つばさ文庫」の読者のみなさんが、その「種」から「21世紀のエンタテインメント」をつくっていってくれたなら、こんなにうれしいことはありません。

物語の世界を自分の「つばさ」で自由自在に飛び、自分で未来をきりひらいていってください。

ひらけば、どこへでも。——角川つばさ文庫の願いです。

角川つばさ文庫編集部